KARI, THE ELEPHANT

大象凯瑞

〔美〕达恩·默克奇 / 著

陈娟 / 译

重庆出版集团 重庆出版社

图书在版编目（CIP）数据

大象凯瑞 /(美) 达恩·默克奇著 ; 陈娟译. — 重庆 : 重庆出版社, 2022.12
（传世动物文学书系 / 刘丙海主编）
ISBN 978-7-229-17379-1

Ⅰ.①大… Ⅱ.①达…②陈… Ⅲ.①长篇小说－美国－现代 Ⅳ.①I712.45

中国版本图书馆CIP数据核字（2023）第002439号

大象凯瑞
DAXIANG KAIRUI
[美] 达恩·默克奇 著　陈娟 译

责任编辑：周北川
责任校对：李小君
封面设计：璞茜设计

重庆出版集团
重庆出版社　出版

重庆市南岸区南滨路162号1幢　邮政编码：400061　http://www.cqph.com
三河市金泰源印务有限公司
重庆出版集团图书发行有限公司发行
E-MAIL: fxchu@cqph.com　邮购电话：023-61520646
全国新华书店经销

开本：787mm×1092mm　1/16　印张：8.5　字数：112千字
2023年3月第1版　2023年3月第1次印刷
ISBN 978-7-229-17379-1
定价：25.00元

如有印装质量问题，请向本集团发行有限公司调换：023-61520678

版权所有　侵权必究

"传世动物文学"书系(100卷本)简介

　　动物文学资源丰富多彩,被介绍到中国来的外国作品只是其中很小的一部分。到目前为止,图书市场上没有一套成系统、有规模地囊括世界各国动物文学的书系,"传世动物文学"书系就是要把世界各国优秀的动物文学作品,分批次、成系统地介绍给中国的少年儿童读者,让他们对动物文学的多样化有一个全方位、新鲜的了解。本书系计划出版100本。

　　动物不只是冷漠无情、凶猛好斗,它们也有天真单纯、优雅有趣的一面;我们也能发现它们的灵性与智慧,还可感受到它们友爱的家庭氛围,甚至被它们的自我牺牲精神所震撼。动物的世界是人类世界的缩影,动物的生活和人的现实生活一样,有着悲欢离合的故事,也闪烁着打动人的美德。读每一本书就是在森林里上一堂课,从这些森林课堂里孩子们会懂得许多有关人与自然的道理,明白人和动物不是仇敌,而是平等的灵魂。只有理解、尊重并爱护它们,才不会招致它们的误解,才会得到它们善意的回报。

　　让我们走向大自然,走进神秘的动物世界,近距离了解与我们同一片蓝天、同一个家园的朋友——动物。

译者序

达恩·默克奇（1890—1936）是第一位在美国成功的印度裔文人。他生于印度加尔各答附近，他的父亲是当地村庙的神职人员。他在丛林边上度过了童年时代，故而自幼就对大自然抱有深刻的感情，称自己的故乡为"迷失在尘世里的奥林匹亚"。他曾就读于印度的达夫学校、加尔各答大学，日本的东京大学以及美国的加州大学伯克利分校和斯坦福大学。成年后，他定居美国并娶妻生子。尽管在美国的生活相对稳定，但印度裔的身份时常让他产生孤独和被边缘化的感受，因而对故乡的思念与日俱增。在这种心绪的影响下，他创作出了一系列童书，以寄托对昔日纯朴的丛林生活的怀念，并凭借《花颈鸽》获得1928年美国纽伯瑞儿童文学奖金奖，成为唯一一位获得该奖项的印度裔作家。除《花颈鸽》以外，他还创作了许多知名度颇高的丛林小说，如《象群的首领》《丛林小子哈里》《大象凯瑞》和《老虎的故事》等。

本书的两则故事《大象凯瑞》和《老虎的故事》，均是作者童年时代印度丛林生活的真实写照。

《大象凯瑞》是一个令人揪心的故事，讲述了一名9岁的印度小男孩和一头5个月大的小象凯瑞，一起成长，并因愚蠢的操作工的捉弄，最终永远分离的悲剧。像顽皮的小男孩一样，小凯瑞也是非常顽皮、任性和贪吃的，比如它时常趁人不注意，去偷小主人母亲的香蕉吃，因为好玩而去抢路人手中的团扇，因为记恨去惩罚无故鞭打它的小主人的同学；但小凯瑞又是忠诚、聪明、懂事和勇敢的，在小主人责罚后，它再也没去偷吃香蕉；尽管水潭很深，不易爬上岸，它依然奋不顾身去救落水的牧牛娃；在惩罚小主人的同学的第二天，它就愉快地让他坐在自己背上，忘记了所有不愉快……当读到此时，我不禁哑然失笑——好顽皮、好可爱的一头小象啊。

　　在小男孩精心驯养下，小象凯瑞不仅学会许多生存技巧，明白主人的各种命令，更是变得通晓人性、忠诚、勇敢。他们一起在丛林历险，战胜毒蛇、狗熊、豹子等危险动物；一起进城，坦然面对陌生人和其他动物们的侵扰，顺利完成任务；在丛林里战胜野生象群里的对手，收获自己的爱人；更是勇敢地协助主人，迎战可恶的食人虎，直至将其捕杀。

　　故事至此可谓处处洋溢着浓厚的人和动物真挚的情谊，是那么温馨、动人，可结局却令我万万没有想到，竟是那么震惊、愤怒和不甘，但却又是那么真实、合理。迫于生计，小男孩不得不带着大象凯瑞去木材厂做辛劳的搬运工。尽管每天工作十分辛苦，凯瑞依旧任劳任怨，一切是那么朴素、幸福。可木材厂两个喝醉酒的操作工却恶作剧地将划着的火柴扔向在草亭里休息的凯瑞，最终引发大火，从而彻底激怒了凯瑞。愤怒的凯瑞冲出草亭，当即踩死了一个玩火的操作工,并见人就攻击。杀了数人后,凯瑞就逃回了丛林,再也没有回来。就这样,小男孩永远地失去了他的朋友和兄弟——凯瑞。

读到此,我也像作者一样痛心疾首,泪水涟涟。在痛苦之余,我也在反思:只要真诚地善待身边的动物朋友,它们自然会和我们和睦友善地相处,任何欺凌、杀戮,只会招来报复。

与《大象凯瑞》讲述人和动物相处的故事不同,《老虎的故事》则纯粹是动物的成长故事,讲述了一只两个月的小老虎暴暴脸,在虎妈妈巴尼的精心训练下,历经种种磨难,终于成长为一只具备独自生存能力的青年虎的过程。毫无疑问,虎妈妈是爱小虎崽的,但这种爱绝不是溺爱,而是严厉、耐心地训练爱子,催促它快速学会生存技能,从而能独立生存。从简单的匍匐爬行,到迅猛准确地捕猎,虎妈妈都是不厌其烦地耐心训导,它不仅反复示范,更是无视虎崽受伤,因为虎妈妈明白,受点疼才能长教训,虎崽才能慢慢地形成正确的习惯,学会瞄准猎物的肚子和咽喉。小老虎暴暴脸也从模仿练习简单的动作,到一次次惊心动魄的实战训练,如迎战母奶牛、眼镜蛇和黑水牛,终于成年。当虎妈妈跟一头十岁左右的老虎重新组成"家庭",暴暴脸也学会了独自捕食,并成功捕获一头野猪。不久,它战胜情敌——一头年轻的雄虎,"迎娶"自己的配偶,开始幸福的生活。

默克奇的故事常以令人揪心的现实主义手法描述动物生活,将读者带进一个野性与温顺、人与自然相遇的地方,那就是丛林法则!正因如此,他的童书具有强大的生命力,虽已面世近百年,但至今读起来仍无年代隔阂感,究其原因,无非是因为他的书情感真挚，内容引人入胜。本书中涉及动物生活的点点滴滴，有的提炼自作者孩童时期从印度当地人口中听说的故事，有的则是根据他幼时在孟加拉丛林里的亲身经历而进行的再创作。在这种强大的素材支撑下，读者仿佛也跟默克奇一样，回到了儿时那片苍翠深远的丛林，一起探寻着生命的真谛。

目录
CONTENTS

大象凯瑞

第一章	抚养凯瑞	003
第二章	凯瑞丛林历险	012
第三章	凯瑞进城	017
第四章	贝拿勒斯冒险记	027
第五章	丛林精神	034
第六章	凯瑞的故事	040
第七章	捕猎老虎	049
第八章	凯瑞和流沙	058
第九章	凯瑞的驾驶员	062
第十章	凯瑞在木材厂	067

目录
CONTENTS

老虎的故事

第一章	暴暴脸	075
第二章	训练	079
第三章	成长指南	083
第四章	旱地	087
第五章	人的胜利	096
第六章	人的弱点	100
第七章	徒劳无功的猎捕	104
第八章	老虎的死地	107
第九章	大火	110
第十章	降雨	115
第十一章	虎崽成龄了	118
第十二章	配偶	120

大象凯瑞

第一章　抚养凯瑞

我曾经养过一只象，叫凯瑞，我们第一次见面时它已经5个月大了。那时，9岁的我只有踮起脚尖才能和凯瑞一样高。但是在之后的两年里，它好像一直没什么变化，可能是因为我们俩都在长高，所以我压根儿没注意到它在这两年里到底长了多少。大多数时候，它总是住在茅草亭子里，我家的仆人特意用粗大的树桩支撑着那茅草亭子，生怕凯瑞散步时把亭子撞倒了。

凯瑞的饭量并不大，但我每天还是要为它准备大约四十磅的树枝。

我每天早晨都会把它带到一条河边洗澡。在洗澡之前，当它懒洋洋地躺在沙滩上的时候，我的工作就是用河边的细沙将它皮肤的褶皱里擦洗干净，这个过程差不多需要一个小时。然后，它就一溜烟地冲进河水里，等它出来时就会整洁一新，湿润的皮肤像乌木一样闪闪发光。如果时间充足，我会再给它做一次背部按摩，这样的话它就会更高兴了。

按摩结束后,我会抓住它的耳朵做些指示——这是训练象最基本的方法,让它乖乖地待在原地,因为我要给它找吃的去了。接着,我就去丛林里砍树枝,而在此之前,我每次都要花半个小时磨斧头,这样斧头才会锋利,砍下的树枝才会平整,不然的话凯瑞绝对不会动它们。

还记得妈妈曾经说过,人们进入丛林时,千万不能违背丛林里的一些规则——如果你害怕或者痛恨丛林里的某种动物,那么你浑身上下就会散发着一种独特的气味,而这种气味会让你成为你害怕或痛恨的那种动物的目标,比如老虎和狼。我一直牢牢地记着妈妈的这句话,所以一次都没有去过丛林深处,更不敢在丛林里逗留,生怕把老虎和狼招来。为凯瑞准备食物时,我不得不走进丛林,但是一走进去,我就会害怕地爬到树上——因为我听说,只要爬到树上,人的气味就不会传到很远的地方,老虎或狼就判断不出这个人对自己到底有没有威胁。

和你想的一样,砍树枝喂养凯瑞一点儿也不简单。为了寻找最鲜嫩、最美味的树枝,我必须爬到各种树上,凯瑞最喜欢吃的就是新鲜的榕树树枝。三月的一天,我帮它洗完澡后,和往常一样去丛林里寻找榕树枝。在我忙着砍树枝的时候,突然听见很远的地方传来了它的叫声。那时的它还非常小,叫声和小孩差不多。我以为它有什么危险,吓得立马从树上跳了下来,撒腿向丛林边跑去——我让它留在那里等我,现在却没了踪影。

我一边跑,一边大声地呼唤着它的名字,随后被小河边的一幕吓了一大跳。只见一团黑乎乎的东西正站在河中央,惊恐地向河边挣扎着,当那团东西接近水面时,我才发现那就是我的凯瑞。

第一章　抚养凯瑞

我以为它溺水了,吓得哇哇大哭起来,当时的我觉得绝望极了——因为以我的个头,就算跳到水里,也根本不可能把足足有四百千克的它救出来。泪眼迷离中,令人惊喜的一幕出现了:它慢慢地浮出水面,一边激动地尖叫着,一边继续向岸边扑腾。过了好一会儿,它终于上岸了,我冲上去紧紧地抱住它,却被它用长鼻子推进了河里。

直到在河水里发现一个时浮时沉的小男孩的一瞬间,我才猛然明白了自己被凯瑞推下水的真正原因。我把脑袋探了出来,深深地吸了一口气,准备返回去救那个落水的小男孩,凯瑞则把鼻子伸得长长的等着我们,显然已经做好了接应我们的准备。我一头扎进水里,想把那个小男孩拉到岸上,但因为我不太会游泳,反而被湍急的水流拖了下去。我使出全部的力气去抓河岸上的芦苇,芦苇却断了,于是,我和小男孩像落叶一样在河水中漂浮,开始慢慢地下沉。在这个危急时刻,平时迟钝的凯瑞却毫不犹豫地跳进了水里,把它的鼻子递到我的手里,我拼命地去抓它的鼻子,却不小心滑落了。我们继续往水底陷,但我明显感觉到这回水比之前浅,所以我索性潜入河底,先慢慢地蹲下来,然后使劲地踢了一下河床,像离弦的箭一样冲了上去,几乎忘记了那个小男孩的存在。就在我好不容易才冲出水面的那一刻,我发现自己的脖子被一根绳索套住了,惊恐地以为自己马上就要被某种不知名的水生生物吞进肚子里。直到凯瑞的咆哮声在我耳边响起,我才意识到我脖子上的是它的鼻子,紧接着,我们被它拖上了岸。

休息一会儿后,我们才看清,这个已经昏迷的小男孩居然是我经常见到的放牛娃。

我把他平放在岸边,凯瑞用鼻子卷住他的腰,小心翼翼地把他卷起来再放下,然后再卷起放下。这样的动作凯瑞重复了三四次后,河水才从小男孩的嘴里流了出来,他头边的细沙渐渐变湿了。小男孩圆滚滚的肚子很快就变得平坦了,但是他的身体仍然冷冰冰的,我不知道该怎么办,只好使劲地用手打了他几下,以为这样他就能快点醒过来。

当我把他扶起来,让他靠在凯瑞的腿上时,他才慢慢地睁开了眼睛,向我们表达了谢意,并且告诉了我们事情的真相:他原本是去河边洗澡的,下水的时候却不小心滑到了水深的地方,接下来发生了什么,他全都不记得了。他着急地问我们有没有看见他的奶牛群,但是和我们想的一样,那群奶牛早就消失得无影无踪。我担心奶牛会闯进丛林深处,被老虎吃掉,所以让凯瑞立刻去找它们,并把它们带回来。但令人没想到的是,我们不仅没有等到那群奶牛,反而连凯瑞也没有回来,我担心它迷路了,于是等小男孩完全清醒后,就和他一起去寻找那群奶牛和凯瑞。

我敢肯定地说,你们一定不知道我们是在哪里找到它的。当我们发现它的时候,它就在我砍下榕树枝的地方大口大口地吃着美味多汁的榕树枝,哪里还记得那群奶牛、小男孩甚至我呢?我不知道是该哭还是该笑,虽然有点生气,却只能强忍着,因为不管怎么说,它今天立了一个大功——救了小男孩的命。

每当回忆这件事时,我就觉得凯瑞的确更像是个顽皮的小孩子,所以我必须好好地训练它,让它更乖,因为谁都不知道它什么时候会淘气,更重要的是,淘气的时候,它会比平常更加顽皮。看完下面这件事,你就会知道我为什么会这样说了。

第一章　抚养凯瑞

我们家的人都喜欢在窗边放水果，有一天，就一顿饭的时间，我妈妈放在窗边的一堆香蕉就不翼而飞了。所有的用人都受到了牵连，遭到了妈妈的责罚。但这件事情还远远没有结束，两天后，放在窗台上的香蕉又不见了。这一次，我不幸地成为了整件事情的受害者，受到了严厉的责罚。我把所有的怒气都发泄在我的父母和用人身上，因为香蕉根本就不是我偷的，我觉得是他们拿走了所有的水果，并让我当了替罪羊。直到家里的水果第三次凭空消失时，我终于在凯瑞的亭子里发现了一个碎香蕉。这完全出乎我的意料，因为在此之前，凯瑞的亭子里从来没有出现过任何水果的影子，而且几乎所有的人都知道，凯瑞喜欢吃的只有树枝而已。

第二天，我静静地坐在餐厅里思考着不经过父母的同意就拿走水果的行为是否得当的时候，突然看见一条又黑又长的东西从窗口伸了进来，和蛇差不多，然后瞬间就消失了，一起消失的还有那堆香蕉。我害怕极了，因为这是我第一次看见吃香蕉的蛇，毫无疑问，它一定就是之前溜进屋里偷走水果的"小偷"。我吓得浑身发抖，好不容易才走出了餐厅，要做的第一件事就是去找我的父母和用人们，告诉他们：那条可怕的蛇肯定还会回来，不仅会把水果吃得精光，还会杀死我们所有的人。

这时，我突然看到凯瑞的背影在亭子里消失了。那一刻，我对凯瑞充满了依赖，想让它和自己一起克服恐惧。我走进它的亭子，却意外地发现它正在津津有味地吃着香蕉。我一动不动地站在那儿，惊讶地看着它，简直不敢相信眼前的事实——它的周围到处都是香蕉。突然，它伸出长鼻子卷走了一只落在远处的香蕉，

哦，等等，那条黑蛇的影子顿时浮现在我脑子里。天哪，原来它就是那条黑蛇，真正的小偷！我走过去，生气地揪了揪它的耳朵，然后高兴地告诉我的父母，偷吃水果的是凯瑞而不是我。

我觉得它一定能明白我的话，于是狠狠地骂了它一顿，并严厉地警告它："如果你再偷水果，我就打你。"凯瑞非常清楚，我们所有的人都在怪它，包括仆人在内。它的自尊心受到了非常大的伤害，所以它再也没有偷过任何水果。从那时开始，如果有人喂它水果，它就会兴奋地大叫，可能是在表示感谢。

我应该告诉你们一件事：如果做错了事，大象会心甘情愿地接受惩罚，但如果你无缘无故地责罚它，它绝对会把你恨到骨子里，总是会找机会报复你。

有一次，我带凯瑞到河里洗澡。那时正好是暑假，几个放假的男孩就过来帮我的忙。凯瑞躺在河岸上，我们用细沙轻轻地擦着它的身体，它看起来非常享受的样子。凯瑞上岸的时候一个叫苏杜的小男孩正好站在岸边，他什么话都没说，就用鞭子狠狠地抽了凯瑞几下，凯瑞尖叫着跑开了……

玩耍的时候，时间总是过得特别快，暑假很快就结束了。接着，我们又迎来了下一个暑假。这一年里，凯瑞长高了很多，也变得更加壮实了，就算我踮起脚尖，也摸不到它的背。我最喜欢做的事就是带着它去它经常玩的地方，不是骑着它到处溜达，就是牵着它四处散步。如果凯瑞表现得很棒，就会得到它最喜欢吃的东西——鲜嫩的树枝或香甜的水果。但它最想要得到的奖励并不是吃的，而是我用稻草为它按摩胸脯，每到这时，它就会四脚朝天地躺在地上，在灿烂的阳光下兴奋地叫喊着，不停地挥舞着粗壮的四肢。

有一天，曾经抽打过凯瑞的苏杜也开始和我们一起嬉闹，就站在我给凯瑞洗澡的地方。那天特别热，在给凯瑞洗澡之前，我们几个小伙伴决定先去河里凉快一下，只留下凯瑞和苏杜在岸边。在毫无征兆的情况下，凯瑞猛地向苏杜冲了过去，飞快地用长鼻子紧紧地缠住苏杜的脖子，把他拖进了河里。过了好一会儿，凯瑞才把苏杜拖到了岸上，这时，他已经陷入了昏迷。

清醒过来后，苏杜气得要命，问我是否应该惩罚凯瑞，因为凯瑞让他丢尽了面子。我告诉他，凯瑞并没有做错什么，苏杜满腔怒火地问我原因，我是这样回答他的："你还记得一年前的事吗？当时，你无缘无故地鞭打了凯瑞，而现在它惩罚你的地方，正好就是你曾经欺负它的地方。"苏杜羞愧不已，气冲冲地离开了。

小孩子总是不记仇的，第二天，我们就把这件事抛到了脑后，而凯瑞也原谅了苏杜。为了表现自己的诚意，每次到丛林里野餐时，凯瑞总是会让苏杜坐在自己的背上。从那以后，苏杜再也没有伤害过任何动物。

你必须让大象知道，什么时候该坐，什么时候该走，什么时候该跑得快些，什么时候该慢慢地走。

在教导大象的时候，你一定要非常耐心，把它当做小孩子。如果我拉着它的耳朵说"坐"，它就会逐渐明白我的意思，并在我拉它耳朵的时候坐下。同样的道理，如果我说"前进"的时候就会往前拉着它的鼻子，它慢慢地就会知道我想要它前进，从而在我拉它鼻子的时候往前走。

　　凯瑞非常聪明,教会它前进我只用了三次。当然,凯瑞并不是什么都会,比如,为了教会它坐下,我足足花费了三个星期。老实说,坐下并不是凯瑞的特长,但是你知道我为什么要教它坐下吗?很简单,因为当它3岁时,我就只能借助梯子爬到它的背上了。我必须教会它坐下,不然的话,我就只能时时刻刻带着梯子。

　　对任何一个主人来说,最难的事就是让大象听从自己的命令。

　　一般来说,一头象需要五年的时间才能做到,对它来说,主人的召唤声和蛇的嘶鸣、老虎的嚎叫没什么两样。

　　也就是说,主人必须在需要时在它耳边发出一模一样的声音。

如果主人在丛林里迷路了，找不到出口，召唤就能派上用场了。

听到主人的召唤后，大象会立刻用鼻子把前面的树推倒，听到这种可怕的动静时，所有的动物都会被吓跑。

树倒下时猴子会被惊醒，然后你就会看到猴子在皎洁的月光下在树林里穿梭，从这棵树上跳到那棵树上；麋鹿们则在丛林里疯狂逃窜；还有远处老虎的咆哮声，这就意味着，它们也非常害怕。

越来越多的树倒在了地上，你很快就会发现一条笔直的回家的路出现在眼前。所以，象的主人们必须教会象聆听自己的召唤，以备不时之需。

第二章　凯瑞丛林历险

凯瑞5岁的时候，头就能碰到我房间的天花板了。你可以想象一下它的块头有多大。

但是到现在为止，凯瑞还没有接受过打猎的训练，除了帮我们驱赶那些接近村镇、企图伤害人的毒蛇和老虎之外，它从来没有杀死过其他动物。

不过有一点，凯瑞总能对危险保持高度的警觉和冷静，这和其他象一样。因此，我们去丛林里玩耍时，往往会带上凯瑞。如果是短途旅行，我们从来没有在它身上放过金布和银铃，银铃的故乡是印度，印度的银匠是熔铸银方面的高手，铃舌敲击银铃时会发出流水一样的声音。用银线把两个银铃拴起来，然后挂在大象的背上，银铃就会分别垂在象的两侧，既好看又好听。

顺便说一句，我们从来没有在凯瑞的背上放象轿。你知道象轿是什么吧，就是那种像大盒子一样的东西，四周有高高的围栏，中间是旅行者的座椅，往往只有那些不习惯乘坐大象的人才会使用象轿。大象在行走的时候，他们必须紧紧地扶着象轿四周的围栏，这样就不会掉到地上。一般来说，他们只能靠着象轿的边缘坐在自己的座位上，所以能看到的风景非常有限，更不用说那些还没有围栏高的小孩了。印度的小孩子们喜欢直接坐在大象的背上，而不是坐在象轿里，就是这个原因。

一天晚上，我和哥哥一起去散步的时候把一张床垫搭在凯瑞的背上，并用绳子把它绑得牢牢的。如果床垫从凯瑞的背上滑下来，肯定会被它踩到，我简直不敢想象这有什么后果。但是，作为一头受过训练的大象，就算我们真的从它的背上摔下来，它也绝不会踩到我们，所以我们把床垫绑紧后就安心地躺下了。虽然我们为凯瑞准备了银铃，但最终决定把它藏起来，并且塞住了铃舌，生怕铃声惊扰了动物们的美梦——森林是一个安静的地方。

我们躺在凯瑞的背上，开心地仰望着布满繁星的天空。在印度，天上的星星好像就在人们的头顶上，一伸手就能摘下来。在星星的衬托下，深邃的天空看上去就像是一条银色的小河，静静地、缓缓地流淌着。

我们惬意地躺在凯瑞背上，竖着耳朵聆听着丛林里传出的各种声音。凯瑞拖着沉重的步伐前进，就像浮云一样轻轻地拂过丛林，突然，一只色彩斑斓的老虎从丛林里跳了出来，大摇大摆地从我们面前穿过小路，走向远方。凯瑞表现得非常勇敢，完全没有把老虎放在眼里。紧接着，狐狸的叫声钻进了我们的耳朵里，一只狐狸从丛林里窜了出来。凯瑞停住脚步，直到这只狐狸穿过小路才继续往前走。在月光下，我们走过的道路好像披上了一件

银色的外衣,闪烁着银光的松鼠在树枝间跳来跳去。

还有一件有趣的事,大象走路时会不知不觉地睡着。当凯瑞走得越来越慢的时候,我和哥哥不约而同地认为它肯定是睡着了。至于后来到底发生了什么,我们一无所知,因为我们也睡着了。突然,我们在凯瑞尖厉的叫声中惊醒,发现凯瑞挥舞着它的长鼻子闪电般地向前冲。为了不掉下来,我们紧紧地抓住它的背,但只过了几秒,我们就从它的背上滑了下来,倒挂在它的肚皮上。我和哥哥拼命地抓住固定床垫所用的绳索,这时凯瑞已经开始飞跑起来。

被凯瑞撞到的大树从中间断裂开来,树枝和树叶掉到地上后变得稀里哗啦的。猴子们惊恐地从一棵树上跳到另一棵树上,沉睡的鸟群被惊醒后一脸茫然,还没有反应过来就啪的一声摔到地上。它们拼命地扇动着翅膀,挣扎着想要飞起来。

为了安抚凯瑞的情绪,我和哥哥大声地朝它叫着,但这根本就不管用,它发疯似的继续往前冲。丛林里顿时变得嘈杂起来,有野猪们四处奔逃的哼哼声,还有那些长得怪模怪样的有角生物连蹦带跳地逃窜的声音。突然,我们前面的一棵树倒了,丛林总算是恢复了往日的宁静。让凯瑞变得狂躁不安的好像是一阵突如其来的颤抖,所以它才像疯子一样奔跑。为了弄清楚到底是怎么回事,我们从凯瑞的背上下来了。我和它说话,但它只是摇了摇头,当我再次和它说话,并让它抬起头时,它才听话地把鼻子垂下来,趴在地上。摸到它的鼻子时,我发现它的鼻子湿漉漉的,它痛苦地把鼻子从我手里挣脱了。

我把凯瑞的异常表现告诉了哥哥,哥哥说:"我明白了。熊喜

第二章 凯瑞丛林历险

欢在秋夜里最浓密的树丛下品尝美味的魔幻草,而魔幻草能让熊昏昏欲睡,进而变得疲惫不堪。大概是一头熊吃完魔幻草后在树下睡着了,这时凯瑞正好在边睡边走,所以没有闻到熊的气味,就连靠近熊时都没有察觉。虽然所有的熊对大象心生敬畏,但这头熊一定是睡得太沉了,所以凯瑞的靠近让它吓了一大跳,还没有看清对方的模样,就咬了凯瑞的鼻子一口。"

我想,如果凯瑞当时是清醒的,这头熊可能立刻就会丧命,但那时它半梦半醒,被突然冒出来的攻击吓坏了,又惊又怕,疯狂地冲出了丛林。

我又轻轻地摸了摸凯瑞的鼻子,在白花花的月光下,我看见鲜红的血从它的鼻子里流了出来,我敢确定那不是汗水,因为我的手被染成了暗红色。我再次尝试着和凯瑞对话,这一次,它没有摇头,这意味着它愿意继续听我说话。我告诉它,它受伤让我非常难过,但是在这个鬼地方,我们无计可施,所以我们必须赶快回家处理伤口。

但是,它坚定地摇了摇头,我知道这是拒绝的意思。

你知道它为什么不想回到路上吗?请听我接着说。

当我们再次坐在它背上时,哥哥一本正经地对我说:"是时候用主人的召唤了,这样它就能在丛林里开辟出一条路来。"于是,我们开始用奇怪的声音召唤它,想让它为我们开路。听到我们的召唤后,凯瑞伸出它流血不止的鼻子打倒了第一棵树,接着是第二棵,到第三棵时,它已经显得有些吃力,没办法一下子就把树打倒,于是转过身子,倒退几步后再猛地向这棵树冲过去,用自己沉重的身躯把树撞倒了。顿时,成群的鸟儿在空中盘旋,动物

们仓皇地四处逃跑。喧闹的猴子则在树梢上没完没了地叫着,每倒下一棵树,它们的叫声就会更响,惊恐地从一棵树上跳到另一棵树上。在这个过程中,我们一直牢牢地抓着凯瑞。

不知道到底过了多长时间,我们才回到了路上,这儿距离凯瑞被那头熊吓到的地方至少有三英里。现在,你应该知道它为什么不想回到来时的那个地方了吧?即便是动物,也不可能坦然地回到它们的自尊被伤害的地方。对它们来说,受到惊吓和伤自尊是一回事。

第三章　凯瑞进城

凯瑞马上就要五岁了，我们想带它进城去看看，这意味着它将迎来另一次冒险。进城前，我们想尽办法要通过训练使它喜欢上狗和猴子。大家都知道，大象很容易就会被狗激怒，从人口密集的村庄经过时，每只狗都会对着它咆哮，这种情况下，大象往往会装作视而不见，但是也有些例外，一些大象会变得很生气，去拼命地追那些吵闹的狗。因为追狗而在村庄里迷路的大象并不少见。

进城的时候，我们会经过数不清的小村镇，我们觉得目前最重要的任务就是让凯瑞喜欢上狗。被那些讨人厌的狗激怒，然后被它们牵着鼻子在狭窄曲折的小巷子里绕来绕去的感觉一点儿也不好。

我们村里的狗都是看着凯瑞长大的，早已习惯了它的存在，从来没有拿正眼瞧过它，这让我们的训练变得更加困难。到底应该怎样做，才能让凯瑞喜欢上狗呢？村里的狗从来没有对凯瑞叫

过,如果换成一条陌生的狗,它肯定会拼命地追赶这条狗,然后在很久以后才能回来。

我们打算带它去陌生的村子。但令人意外的是,我们到达的第一个村子里居然没有狗。就这样,我们平安无事地穿过了这个村子。在第二个村子里,我们碰到了一两条狗,但它们只是远远地叫了几声就消失不见了。就在我们想离开村子的时候,一阵急促的喘气声和可怕的咆哮声从身后传了过来,我仔细一看,才发现我们已经陷入了凶恶的家狗和野狗的包围圈。凯瑞拖着沉重的长鼻子追赶它们的一幕简直是太恐怖了:有时,它会把脚抬得高高的,试图把那些可恶的狗踩死,却总是被它们溜走。渐渐地,这群疯狗一看见凯瑞就会围着它大叫,凯瑞则在包围圈里横冲直撞,像陀螺一样转得越来越快。

而最倒霉的当然是坐在凯瑞背上的我们,它不停地转动的时候,我们觉得晕头转向的。我们眼看着就要摔下来了,随着一声刺耳的尖叫响起,这群可恶的狗开始疯狂逃窜。我们很快就弄清了事情的真相:凯瑞踩到了一只狗,其他的狗都被吓跑了。一切都结束后,我们带着凯瑞回家,在河里把它洗得干干净净的,并为它准备了它爱吃的小树苗和树枝,但它好像没什么胃口。从那以后,凯瑞再也没有因为狗的叫声而生气过。相反,每次在陌生的村子里看见狗时,不管它们叫得多么起劲,它总是习惯性地忽视它们,毫不畏惧。

按照计划,我们接下来的工作是让凯瑞喜欢猴子。猴子的行为不端正,所以很容易令人生厌,这一点并不是什么秘密。我养了一只宠物猴,它的名字叫柯普——和我的名字一样,它的毛

第三章 凯瑞进城

是黄褐色的,只有脸是红彤彤的。在家里的时候,它总是离凯瑞十万八千里,而且凯瑞也从来没有想过和它亲近。出门的时候,柯普都会坐在我的肩上,但是只要从售卖芒果或其他水果的集市穿过时,它就会开始躁动。可以想象一下,在印度,所有的商品都是露天摆放的,篮子里堆满了芒果,就像大山一样。还有更壮观的景象呢!远远看上去,堆积在一起的橙色的橘子俨然就是一堆正在燃烧的岩石,令人瞩目。另外,穿着白色袍子的印度人坐在水果山旁边和顾客讨价还价的情景在集市上随处可见。

从集市上经过时闻闻水果的香味,光是想想,就是一件非常美妙的事情。一天,当我们穿过一个村子的小巷集市时,空气中弥漫着浓郁的水果香气,令人心旷神怡,我甚至把柯普忘得一干二净了,完全没有意识到它就在我的肩上。

这个机灵的小猴子非常清楚,我的注意力并不总是在它身上,因此只要我不留神,它就会迅速地跳到地上,兴奋地冲向橘子堆或芒果山,拿起一两个水果就跑到最隐蔽的地方。这往往会让整个集市陷入混乱,成百上千的人追着它跑,一边愤怒地大叫,一边用力地朝它扔石块,直到它彻底消失才罢休。

我曾经因为这样的场面而感到害怕不已,生怕这些人迁怒于我,所以几乎每次都是狼狈不堪地离开市场,飞一般地跑回家。而闯祸的柯普总是坐在房顶上,一脸无辜地在自己身上又抓又挠,好像什么都没发生。如果只看它那无辜的样子,我怎么都不敢相信,那个刚刚"大闹市场"的家伙就是它。

进城时,带凯瑞和柯普同行对我来说是一个巨大的挑战,生

怕出什么乱子。我的心里特别矛盾,既希望凯瑞能喜欢柯普,又希望柯普能表现得绅士一些。

一天,我像往常一样把柯普放在我的肩上,然后把前爪拴在凯瑞忙着吃树枝的亭子前面。有时候,凯瑞会把一根比较硬的枝干的顶端揉成蓬松的一团,再用自己的长鼻子抓住枝干的另一端,在自己的身上刷来刷去。当我再看柯普的时候,凯瑞长啸一声,用长鼻子抓住了它。一声尖叫过后,柯普飞快地跳下了我的肩膀,爬到了亭子的柱子上,在亭子的顶端消失了,大概是受了惊吓。

我对凯瑞说:"接受狗的时候,你杀死了一条狗,难道你还要因为要接受猴子而杀死我的柯普吗?"聪明的凯瑞知道我想让它喜欢猴子,所以看起来不太高兴,原因非常简单:大象很喜欢和一类人交往,而这一类人从来不会和来历不明的动物交往,更不会和那些大象们认为低劣的物种交往。大象对猴子一无所知,所以不想和它们扯上任何关系。有一点大家一定要弄清楚:大象很少见到猴子,因为猴子往往在大象的头顶上,而猴子喜欢在树丛中跳来跳去,而且总是叽叽喳喳的,这对喜欢安静的大象来说简直就是灾难。

但在我一个星期的努力下,凯瑞很快就和柯普和平共处了。事情的经过是这样的:有一天,凯瑞和柯普一起享用它们的水果大餐,意识到凯瑞吃得更快时,柯普也加快了速度。不一会儿,它的嘴巴里就塞满了食物,腮帮子被撑得圆鼓鼓的。很快,它们俩就把那堆水果吃了个精光,接下来就是你看着我,我看着你。

第三章 凯瑞进城

柯普因为恐惧而浑身不停地颤抖。但让它意外的是，就在它想要跳上树梢的时候，凯瑞却转过身子，朝它的小亭子走去。柯普因此变得胆大了一些，它径直爬到亭子的顶端，从房檐往下看，发现凯瑞也在吃树枝和水果——和它一样。

看见这一幕后，我站在凯瑞的背上，向柯普吹了一下哨子。它跳下来，坐在我的肩膀上。凯瑞只扭动了一会儿，就安静下来了。听到我"前进"的命令后，它和往常一样继续前行，没有表现出任何不满。

一天，我带它们俩去集市，我坐在凯瑞背上，柯普则坐在我肩上。路过街角的芒果堆时，柯普和以前一样离开我的肩膀冲向

芒果堆。水果摊的主人叫嚷着出来追赶它，惊慌之下，柯普爬到了一座房顶上。这时候，凯瑞居然也给我添乱，伸出它的长鼻子，开始大口大口地享用它喜欢的水果。那些人都在追赶柯普，还没回过神来，凯瑞则一边吃一边跑，奔跑的时候，大象的时速往往会超过十英里。

我和凯瑞跑回家后，柯普正在房顶上吃芒果。

这段悠闲的日子结束后，我们去了城市，而现在凯瑞已经和柯普变成了最好的朋友。

在漆黑的夜里，穿过这个丛林密布的国家有趣极了。白花花的月光均匀地洒在地上，就像一颗颗晶莹剔透的水珠一样。在月光的照耀下，树木一览无余，丛林在地上投下了浓厚的影子，仿佛蜷缩在地上休息的狼群。凯瑞带着我和柯普大摇大摆地穿过了这片丛林。谁会来这里，谁会离开这里，这里会发生什么，凯瑞一点儿也不害怕。

但对猴子来说就不是这样了，因为猴子非常害怕蛇。这是怎么回事呢？蛇经常爬到树上吃掉鸟类和它们的蛋。猴子也是从不同的鸟窝里偷取鸟蛋为食，蛇吃完鸟蛋后往往会藏在鸟窝里，所以当猴子用手抓鸟蛋时，不仅会扑空，而且还会被毒蛇毒死。这样的事情时有发生，猴子怕蛇就很好解释了。

当然，猴子还会因为过于活泼而尝到苦头，众所周知，遇到蛇的时候，不要碰它是最好的自保办法。但是猴子已经习惯了用手抓东西，不管什么东西都抓，所以就会被毒蛇咬死。

我曾经在蛇的尸体上看见过一些标记，可以确定它们被猴子当成打过结的绳子，在蛇用毒牙袭击猴子后被重重地摔在地上也

第三章 凯瑞进城

不是不可能的。但是，这种可能性非常小。

当我们在丛林里穿行时，柯普一看见草丛里的死蛇就会吓得瑟瑟发抖。我把手放在它的背上，在它的耳朵小声地说："没事的，在大象背上非常安全，任何东西都伤害不了你。"

猫头鹰的叫声也让柯普觉得害怕。对生活在丛林的猴子来说，猫头鹰的大叫算不了什么，但是柯普一直在人类的环境生活，所以不太习惯丛林里的噪声。当猫头鹰扑棱着翅膀发出叫声时，就像平静的河面上在不断地泛起细密的泡沫。

我第一次听到猫头鹰呜呜的叫声时也被吓了一大跳，但我和柯普很快就习以为常了。

大约凌晨四点的时候，凯瑞突然站在原地不动了。当时，我还在睡觉，却被柯普用手弄醒了。

我醒来后听见，更准确地说应该是感觉到云正在从我们的头顶上飘过。柯普的眼睛里闪烁着渴望的光芒，兴奋得简直快要发疯了。我朝它凝视的地方看过去，只见金黄色的月亮悬挂在漆黑的空中，慢悠悠地穿过流云，照在茂密的丛林上。远远看上去，一团团黑云的影子就像二三百头野象一样穿过丛林，和黑云吞噬丛林里的树叶的情景几乎一模一样，我大惊失色，简直不敢相信自己的眼睛。我们不知道这到底意味着什么，但我们可以真切地感觉到，寂静一边慢慢地向我们席卷而来，一边向我们阐述着丛林的神秘，但当时的我们还无法了解这种神秘。

不一会儿，这种令人害怕的寂静被远处传来的鸟鸣声打破了，遥远的天边随即出现了一丝微弱的白光。寂静很快就消失

了,随之而来的是黎明的曙光,侧耳聆听,仿佛能听见黎明时特有的宛如长笛般悠扬动听的歌声,穿过丛林后在远方消失得无影无踪,然后就是片刻的安静。接着,鸟儿们开始欢快地唱着歌,太阳像飞马一样穿过丛林,闪烁着耀眼的光芒。直到凯瑞再次开始迈步,我才猛然意识到,我们已经在这里停留了一个多小时。

没多久,我们在一条小河边停住了脚步。为了给凯瑞解解乏,我给它洗了个澡。柯普则趁机钻进了树林里,到处找吃的。我也在河里洗了洗澡,然后面对着太阳升起的地方默念道:

啊,东方沉默的花朵啊,
请让我们一睹神灵的风采,
你的阴影和光辉一直伴随我们左右。
愿在你们的指引下从虚幻走向真实,
从喧嚣归于宁静,
从黑暗走进光明,
从死亡变得不朽。

在印度,不管是什么时候,也不管是在哪里,祷告的人们随处可见。只要你没有因为在大街上祷告而妨碍交通,那么就绝不会有人注意到你。印度人对宗教的狂热之情就像源源不断的流水一样,对当地人来说一点儿也不稀奇。

我在森林附近找到了凯瑞喜欢的食物,它吃的时候我开始做自己的饭。出门的时候,最好还是自己做饭,这样才干净卫生。

第三章 凯瑞进城

很快，我看见一个商队迎面走来。不用想都知道，坐在树上的柯普早就看见他们了，现在正在兴高采烈地告诉我这件事呢，我让它立刻安静下来，因为我发现凯瑞已经开始躁动不安了。

在我看来，商队知道进城最近的路，所以我决定和他们结伴而行。再说，我是一个喜欢热闹的人，一个人旅行实在是太孤单了！

这时，商队里的探路骆驼已经站在我们面前了。

你知道骆驼是怎样探测空气的湿度的吗？

很简单，骆驼会把脖子伸得长长的，闻周围的空气，这对它们来说简直是小菜一碟。当它们在荒漠里时，它们必须不停地探测空气的湿度，如果探测到的空气非常潮湿，那说明附近就有水源。我们之所以把骆驼当成探路者，就是这个原因。在印度，人们亲切地称呼骆驼为"动态气压表"。

看见骆驼的一瞬间，凯瑞愤怒地哼了一声，柯普却看起来高兴极了。大象一直被人们当做是动物中的贵族，骆驼则被视为傲慢无礼的势利眼。

它们总是鼻孔朝天，一副谁都看不上的模样，所以仅从外表上看，你一眼就能分辨出谁是"势利小人"。当骆驼戴着眼罩大摇大摆地走在大街上时，难道不是和势利小人一模一样吗？就算是这样，我还是决定让凯瑞和骆驼们一起走。

但是，我们三个始终和骆驼保持一定的距离，大约一百码，这样一来，柯普就没办法在骆驼的背上跳来跳去，同时，凯瑞的长鼻子也够不着它们。

快到正午时，整个商队停下来准备休息，把动物们全都拴在树旁休息。我们一共歇了两三个小时。我们都非常清楚,在天黑前一定能到达城镇,所以午睡时我们都睡得特别踏实。下午三点半左右,鸽子的咕咕声从远处传了过来,柯普立刻警觉地站了起来。

从出生的那天开始,柯普就一直生活在树上,所以对树上的声音非常敏感。不一会儿,远处又响起了布谷鸟的叫声。没多久,商队就做好了出发的准备。

第四章　贝拿勒斯冒险记

太阳落山的时候，我们来到了印度最古老的城市——贝拿勒斯，这时，寂静再一次降临。

在漫长的三千年里，用石头堆砌而成的坚固城堡和拱形塔顶使这座城市没有受到一丝一毫的攻击和破坏，神圣的恒河水也因此平安无事。夜晚，你可以听到恒河侵蚀石堤的低语。这就是贝拿勒斯所有的高塔都稍稍向水边倾斜的原因。它们的根基被砍断，就像海狸砍断树的根一样。任何来到贝拿勒斯的印度教徒都能感受到古印度的时代，它活得太久了——确实太久了，时间似乎不再依附于她，就像朝露不再依附于狮子的鬃毛一样。

我们沿着一条又窄又长的小路穿过了贝拿勒斯。走在最前面的是骆驼，接着是柯普，它从我的肩上跳了下来，兴奋地在驼背上跳来跳去。有时候，它会吱吱地叫着跑到队伍前面，然后突然就在屋顶和城墙上消失得无影无踪。过不了多久，它又跑回来，在我面前没完没了地叫着。我把两个银铃拴在一起，挂在凯瑞的脖子上，清脆的铃声瞬间划破了黑夜的寂静，不知道为什么，我觉得凉爽了许多。在街上，到处都是穿着紫色或金色的长袍在走来走去的人。鸽子聚集在高高的屋顶上，动听的歌声像圆润的珠子一样滚动着，闪闪发光。午夜时，在格子形状的阳台那头的，是家庭妇女们那温柔而妩媚的面庞。

我们只走了一会儿，凯瑞就开始闯祸了，它伸出长鼻子，夺走了那位站在阳台上的女士手里的孔雀羽毛扇，然后交给了我。我让它赶紧停下来，把扇子还给那位女士，她却不愿意要了。她对我说："我的扇子和你挺配的，干脆送给你吧。你的大象非常聪明，但是我觉得你一定比它更聪明。"

我收下扇子，朝她眨了眨眼睛，继续往前走。我们刚经过两栋楼，随着一阵痛苦的尖叫声，柯普重重地摔在了我们面前。只见，一个拿着大木棒的男子正在愤怒地指着柯普，他就在旁边的屋顶上。

我又停下了脚步，问他："在这个美妙的夜晚，是什么惹你生气了？"

"都怪那只该死的猴子！"他气冲冲地说，"它不仅戏耍我笼子里的鹦鹉，还拔了它的羽毛，瞧瞧，鹦鹉现在就像是一只尖嘴的老鼠。"

我说："的确是猴子的错，我会好好责罚它的，但是我必须说句公道话，猴子其实并不比我们淘气多少。"

那个男人生气极了，开始骂骂咧咧的。我不想理他，于是用脚轻轻地拍了拍凯瑞，让它继续往前走，那个男人的叫骂声很快就消失了。

第四章　贝拿勒斯冒险记

此外，那天晚上一切都很顺利，出了小城后我们就来到了郊外，途中没有遇到任何麻烦。

第二天凌晨，距离天亮还有很长时间，我睡得迷迷糊糊的，一阵杂乱的脚步声突然从贝拿勒斯那条羊肠小道上传了过来，划破了夜的寂静。我把凯瑞和柯普留在原地，独自一人去看看到底是怎么回事。原来，那些声音的主人是一群虔诚的印度教徒，他们要去朝圣。在行进的过程中，教徒们不断地变换着姿势，远远看上去，和一只行动敏捷的大象没什么区别。

当我走到河边的时候，看见成千上万的朝圣者聚集在河坛的阶梯上，阶梯一直通往河里。他们用河水把身体洗得干干净净的，然后就虔诚地迎接黎明的降临。我和他们一样，试着用河水把身体洗干净，然后虔诚地四下看了看，发现他们都在虔诚地小声祈祷，那声音和海浪冲击沙滩后，在海岸上击起水沫的声音非常像。

不久，黎明就像两匹浑身散发着青光的野马从我们头顶上一闪而过——热带地区的黎明是个急性子，总是毫无预兆就来了。这些青光刚从天空和小河上划过，金灿灿的阳光就洒在了大家的脸上。他们把手举得高高的，做出祈福的样子，迎接太阳的大驾光临。当红彤彤的太阳从大山深处慢慢地露出脑袋的时候，他们就开始吟诵早晨的祷词。

尽管这里的氛围让我觉得很舒服，但是我必须赶紧回去，免得我的宠物朋友们四处找我。回到原地的时候我看见了什么，你们一定想不到：柯普坐在凯瑞的脖子上，这让凯瑞觉得非常难受，所以一边像无头苍蝇一样跑来跑去，一边把长鼻子举得高高的，试图够到柯普，想把它甩下来。但是，柯普纹丝不动地坐在凯瑞的脖子上，悠闲地仰望着天空。

我朝着凯瑞大叫，想让它停下来，但没想到的是，它发疯似的向我冲了过来。它拼命地摇晃，却始终拿柯普没办法，柯普好像黏在了它的脖子上一样，一动不动。我大声地命令柯普下来，它却只是低下头看了我一眼，装作什么都没听见一样。我气得肺都快炸了，因为我长这么大，还是第一次看见猴子骑在大象的脖子上，这简直太不像话了。直到我生气地朝它扔了一块石头，它才离开了凯瑞的脖子，爬到了一棵树上。我轻轻地拍了拍凯瑞的背，安抚着它，让它安静下来。然后，我命令它继续往前走，一起进了城。

凯瑞非常喜欢人类，越是人多的地方，它就越兴奋。在我眼里，它总是静静地从人们身边走过，就像一个温顺可爱的小孩子一样，这让我觉得非常自豪。但是在我们继续前进的路上，一件意想不到的事情发生了：一只老鼠突然从墙角钻了出来，径直朝我们冲了过来。凯瑞吓得立刻转过身子，把长鼻子卷成一团后放进嘴里，撒腿就跑。众所周知，大象天不怕地不怕，就是怕小小的老鼠，因为老鼠能钻进大象的鼻子里，最后爬到大象的脑子里。凯瑞的反应让我无地自容，恨不得找个老鼠洞钻进去。它疯狂地逃窜，一直跑到我们半小时前刚刚离开的那片旷野才停下来。柯普还在那棵树上，一看见我们，就得意洋洋地摇晃着手里的钱包。不用猜也能知道，它偷了别人的钱包，正在等着失主来赎呢。

有时候，猴子就是一个可恶的小偷。我妹妹两个月大的时候发生的一件事我至今还记得清清楚楚：她躺在阳台的小摇篮里睡

第四章 贝拿勒斯冒险记

觉,突然发出了一声尖叫,等我们冲过去的时候发现妹妹和摇篮都不见了。我们抬头一看,只见一只身体强壮的猴子在树上俯视着我们,它用一只手攀在树枝上,而摇篮就在它的另一只手上。幸亏我的父亲知道该怎么办。他让一个仆人赶紧去集市,并把家里所有的水果摆在阳台的地板上。猴子摇了摇头,意思是它觉得太少了。过了一会儿,仆人把买回来的香蕉全都摆在地上,猴子飞快地从树上下来,把摇篮还给了我们。

我的母亲靠在门边伤心地哭泣,看见妹妹平安无事,才破涕为笑了。简直太可怕了,当这只猴子坐在香蕉堆里吹着奇怪的哨子呼唤其他的同伴时,我的妹妹却在摇篮里睡得正香,什么都不知道。

我们刚关上通往阳台的玻璃门,把妹妹送回房间,就看见猴子们从四面八方赶了过来。它们从这棵树上跳到那棵树上,然后落在了我们的屋顶上。在短短十分钟内,猴子们就开始在阳台上狼吞虎咽。那件事后,我们在看护妹妹时更加小心,她在外面晒太阳的时候,总会有个仆人拿着棒子站在旁边。

联想到妹妹小时候的事,在商队出发前我告诉他们,柯普可能偷了谁的钱包。果然如此,一个人正在责骂仆人,以为是他们偷了自己的钱包。在我的建议下,那个人去买了一些香蕉放在树下,这样柯普就会用钱包来换。凯瑞已经让我蒙羞了,我现在对柯普也没有了信心,为了不让它逃跑,我带上了驯棒,如果它再逃跑,我就会用棒子戳它,给它点颜色瞧瞧。

经过珠宝店时,我们看见工匠们正在切割宝石,于是在金店门口停了下来。看到顾客上门了,金匠赶紧冲过来问:"请问您有什么需要？想在大象牙上镶一个金铃铛吗？"很多人喜欢在大象的牙齿上镶金铃铛，就像人类镶金牙一样。

"它的牙刚长出来，挂上铃铛就不好看了。"我回答道。

"放心吧，我的铃铛一定会让它的牙齿变漂亮的。"他劝说道。

"这个城市里所有的人都觉得自己是让一切变得美好的功臣，可是他们为什么没能让这个城市变得更好呢？"

金匠非常生气，大吼道："既然你什么都不买，就赶紧滚吧，别在这儿浪费我的时间。"

我们慢慢地往前走，我说："没错，我既不买金银，也不卖金银，但我敢保证，我的大象长大后一定会有一口好牙，你就等着羡慕去吧。等它一百二十五岁的时候，你早就死了，到时候我就更用不着找你买金子，来玷污它的牙齿了。"

然后，我们继续往前走，被突然从旁边的小路上冲出来的一群野狗吓了一大跳。

谁都不知道这些狗到底是从哪里来的。凯瑞对这些狗视而不见，但它越是这样，这些狗就越猖狂。它们一直跟在我们屁股后面，我无计可施，甚至连扔石头都忘记得一干二净。

不一会儿，它们就把我们包围了。

突然，凯瑞迅速地转过身子，用长鼻子卷起一条狗，然后把它举得高高的。眼看着其他恶狗就要开始发起进攻了，我在凯瑞的耳边命令道："好伙计，不要伤害它，慢慢地把它放下来，它不会咬你的。"

这时，这条狗惨叫了一声，凯瑞慢慢地把它放在了地上，但是为时已晚，它已经断气了。见识到大象的威力后，其他的狗全都吓跑了。

凯瑞飞快地出城，我的心开始剧烈地跳动起来。它狂奔到河边，一步一步走到河滩上，把整个身子埋进水里，只有鼻子露在外面。它知道自己闯了祸，所以一动不动地站在那儿，像净化自己的灵魂，我也和它一样，在水里沐浴。

直到太阳快落山时，我们才回到旷野，发现柯普仍然坐在那棵树上，手搭在凉棚上东张西望，四处寻找我们的身影，这时商人早就离开了。树下躺着一大堆香蕉皮，我们知道，它已经吃过晚餐了。我连多看它一眼都不愿意，只是朝它喊了一声，就催促凯瑞去最近的丛林。一看见我坐在了凯瑞的背上，这家伙闪电般地跳到了我的肩上。

凯瑞在城里的冒险之旅就画上了句号。

在我看来，最好还是让动物待在丛林里，不管怎么样，丛林比复杂的城市更适合它们。

第五章　丛林精神

我们好不容易才回到家。

我们在丛林里走了差不多二十四个小时，我们一生中最荒诞的经历就是在这段时间里产生的。

中午时，我们加快了脚步，因为我们已经走了一半的路程，马上就要到达小河了。但是天气实在太热了，凯瑞累得筋疲力尽，已经走不动了。一闻到土地散发出潮湿的味道，它就迫不及待地冲进了水里。河水迅速地涌向我们，柯普和我除了乖乖地坐在它的背上之外，什么都做不了。

不一会儿，凯瑞的长鼻子伸出了水面，当它在河水里移动时，柯普和我差点儿就滑下来了。柯普吓得拼命地抓着我，原因你应该知道：猴子不会游泳。那么，猴子为什么会怕水呢？原因很简单，第一，它们的手指没有连在一起，所以没办法像鸭子一样游泳；第二，它们已经习惯了地面上的生活，总是从这棵树上跳到那棵树上，在水里自然也想这样，但是这怎么可能呢？

第五章 丛林精神

凯瑞让我非常失望,我让柯普抱住我的头,然后游到岸上,等着凯瑞出来。这时,凯瑞才把身体微微露出水面,用鼻子吸出大量的水,用力地朝岸上的柯普喷水。柯普叽叽喳喳地叫个没完,不敢靠近凯瑞,生怕被水淋湿了。

不得不承认,大象非常幽默。它们总是知道在哪里可以和猴子制造幽默,至于大象到底什么时候会做出幽默之举,就是猴子的事了。因为凯瑞压根儿就不知道柯普不会游泳,我真怕柯普一不留神,被凯瑞拉进水里玩。如果是这样,柯普的小命或许就保不住了。

尽管如此,但我很快就把凯瑞和柯普抛到了脑后,躺在河岸上睡着了。

突然,我在柯普惊恐的尖叫声中醒来,随之而来的是凯瑞疯狂的尖啸。我立刻坐了起来,只见柯普浑身发抖地坐在地上,凯瑞则站在它面前,用力地挥舞着它的长鼻子,仰天长啸。

我定睛一看,居然发现凯瑞的大腿旁有一条大蛇,就在它的前腿之间。我惊慌失措,身上的血液像凝固了一样。虽然凯瑞只有五岁,还很年轻,但它的皮肤非常厚,就算是眼镜蛇,也没办法把毒牙扎进它的皮肤里,将毒液注入它的动脉。柯普被吓傻了,一动不动地站在那儿,浑身不停地发抖。

我小心翼翼地走近凯瑞和柯普。我非常清楚,如果这时候我碰柯普,它一定会咬我。它太害怕了,对它来说,任何碰到它的东西都和那条凶猛的毒蛇一样。它将死在大蛇的毒牙之下,这样的想法已经在它的脑海里根深蒂固。

现在我才看清了眼前的一幕:凯瑞重重地踩在大蛇的身

上,大蛇的背部受了重伤,躺在地上动弹不得。但是,蛇身体的其他部位还有生命力,像一根黑木柱一样伫立在那儿。它的脑袋是黑色的,上面有一条白色的印记,摊开后和人的手掌差不多大。即便如此,它也坚持不了多长时间,瞧,它正在左摇右晃,眼看着就要摔倒在地上。就在这时,凯瑞把脚抬得高高的,用力地踩向大蛇,蛇就会立刻抬起头。每当凯瑞要踩到它时,蛇总是会挣扎着用受伤的背支撑着身体站立起来。我知道,这对它来说非常痛苦,但它没有屈服,一直坚持到生命的最后一刻。

直到大蛇再也无法挪动身体,而凯瑞还用脚踩着它时,我意识到时机到了,我可以用棍子把它打死。当我拿着棍子慢慢地向大蛇走近时,柯普突然转过头来盯着我,飞快地跳到了附近的大树上。它的恐惧马上就要结束了,因为这条蛇马上就要死了。

就在柯普跳开的那一刻,大蛇猛地咬了凯瑞的脚趾一口,蛇的身体盘在了凯瑞的脚下。脚趾对大象来说非常重要,因为这儿离动脉很近。凯瑞迅速地抬起了它的脚,我可以断定,它没有受伤,至于它用三条腿能站多久,我也不敢确定。

我生怕它会把长鼻子垂在蛇的旁边来保持平衡,这样的话,蛇就会趁机咬它的鼻子,所以使劲地用棒子捶打着蛇头,棒子却从它的头上滑了下来。为了躲避我的棒子,蛇匍匐在地上,凯瑞看准时机,用脚踩到了它的头上。

凯瑞走到旁边,用鼻子抓起一些沙子来擦它的脚。我想让躲在树上的柯普下来,但我实在太想知道凯瑞的脚有没有受伤,所

第五章　丛林精神

以一直跟在凯瑞后面，等着它把脚趾伸给我看。看到它完好无损，我心里的石头总算是落地了。我转过头叫柯普，但它摇了摇头，不想下来。我明白它的心思，它一定是在为自己的害怕而感到羞愧，现在它只想单独待一会儿，把勇气重新找回来。

天马上就要黑了。

穿过这个丛林的路就在不远处，但我敢确定，我们的气息已经飘散到了森林深处。

黄昏很快就来了。金灿灿的阳光离开了水域，夜幕低垂，像一把锋利的黑刀一样把白天切得粉碎，夜晚随之降临。树梢上的小鸟变得静悄悄的，草地里传来了各种昆虫的鸣叫声。我静静地坐在凯瑞的背上，因为每到夜里，人们都会虔诚地祈祷。寂静还在继续蔓延,在微风的吹拂下,河对岸的小草摇头晃脑,在灌木丛中画出了半个八字形。

周围静悄悄的,突然,河对岸传来了一阵老虎的咆哮声,几乎是在同一时刻,老虎那印着王字的脸从绿叶后面闪了出来。它看见我正在河的对岸。

老虎从草地经过的时候,留下的条纹和痕迹总是一模一样,通过草地的形态,人们就能知道从这里经过的到底是什么动物。

在乡村,一听到老虎的吼声,动物们就变得忐忑不安。即便是在静止不动的空气中,你也可以清楚地感觉到动物们神情紧张地藏在角落里,死死地盯着老虎的动向。

夜深了,我想把凯瑞拴在一棵树上,但是它不愿意,只是不停地在河岸边走来走去。有时候,它会突然站在原地不动,竖着耳朵仔细地聆听着从远处传来的森林之歌。我坐在它的背上,暗暗地猜测着它接下来会干什么。很快,河水也变得和画一样宁静,丛林里陷入了死寂。

突然,月亮离我们越来越近,凯瑞尖啸一声,不由自主地后退了几步。我也大吃一惊,因为这并不是我们平日里看见的月亮,或者说,我从来没有见过这样的月亮。这个月亮不仅把夏天带到了丛林里,还对打猎和挑战发出了强烈的呼唤,让雄性大象用杀死自己同类的方式来得到伴侣。这个时候,一个巨大的身影屹立在白花花的月光之下。

七月的云彩总是在遥远的天际盘旋着,在云和月亮之间,我看见了不可思议的一幕:白色动物聚集在一起,从一朵云飘到另一朵云上——我不知道那究竟是什么,应该不会有人知道。这就

第五章　丛林精神

是所谓的丛林精神，已故的动物祖先们重生了！

在毫无征兆的情况下，凯瑞突然冲进了河里。我大声地叫喊着，用驯象棒戳它的脖子，但还是没有停下来。它几乎被淹没了，拼命地冲向对岸，像发疯了一样。在黑暗的树丛和乱藤里，我们迷路了。月光照不到我们了，不管它升得多高，也不可能穿过这片茂密的丛林，照在我们身上。

第六章　凯瑞的故事

不知道过了多长时间。

我大概是睡着了，但是不知道为什么，我总觉得眼前的一切是那么清楚。哦，天哪，我一定是糊涂了！

就在那时，凯瑞的脸色突然变了，它把头向前伸了伸，对我说："亲爱的伙计，今晚听我讲个故事吧：

有一次，我问母亲，'为什么老虎身上的气味那么难闻？不管它们走到哪里，身上的气味总是那么刺鼻？'

"母亲回答道：丛林里所有的动物都必须以某种食物为生，有的吃草，有的吃肉。那些吃草的动物非常善良，它们不会憎恨或害怕任何东西；而那些肉食动物身体里充满了憎恶和恐惧。我们大象从来不知道憎恶或害怕是一种什么样的感觉，所以我们身上没有臭气。但是老虎只有吃肉才能活下去，所以它们一生下来就必须学会憎恨，而为了憎恨，惧怕就是它们的必修课。

"这就是丛林的奥秘所在——那些以杀戮为生的动物反映的其

实是一种病态。它们骨子里流淌着憎恨的血液，而毒害它们的就是这种憎恨。不管它走到哪里，它们身上那恶毒的气味都会钻进其他动物的鼻子里。动物们有一个共同的母亲，她既深爱着老虎们，同时又对那些被老虎杀死的小动物心疼不已，于是明智地在肉食动物的身上做了记号，这样小动物们就能提前藏起来或逃跑了。因此，无论老虎在哪里出现，它的臭气一直会伴随着它。闻到它的臭气后，狐狸就会离开它的小洞，把这个消息传到丛林的每一个角落，就在这个月影朦胧的夜里，作为我们共同母亲的信使，狡猾的狐狸给丛林里的动物们提出了警告。很快，老虎黑色的影子就无声无息地出现在了月光下。

"它从不轻易地招惹大象。等它从这里经过后，杀戮的气味变得越来越淡，紧接着，一只热情而好心的狐狸就会跳出来告诉大家，老虎已经走了。

"第二天，如果你去老虎和狐狸经过的地方看看就会知道，它们留下的痕迹已经消失得无影无踪，这其实是丛林里的法则：不管是什么动物，都绝不能在树叶和草地上留下印记，更不能玷污这些植物。小动物们之所以不敢留下脚印，是因为它们害怕暴露自己的住处。还有那些肉食动物，比如老虎和夜猫，它们总是把自己的痕迹弄得干干净净的。"

我在梦里问凯瑞："那么，你和你的母亲在丛林里以什么为生呢？"

"我们的一生充满了矛盾，就像是一场有趣的游戏，总是忙忙碌碌的。"它回答道，"因为忙碌本身就是一场游戏，而游戏就是像陀螺一样忙个不停。当树叶变成黄色的时候，我们就会在太阳的指引下走向南方,离开喜马拉雅山,穿过茂密而广阔的丛林,沿着恒河流经的地方一直往南走,回到主人的身边。

人类实在是太可恶了!不管在哪里,他们都砍伐树木,破坏森林。在旅途中,我见识到了很多稀奇古怪的事情。

有一年冬天,我们从海边的丛林经过时,居然看见鳄鱼大白天躺在三角洲的河岸上,它们张着巨大的嘴巴,几只小鸟在它们的嘴巴里飞进飞出。后来,我才知道小鸟是在为鳄鱼清洁牙齿,并把那些损害鳄鱼牙龈的腐肉吃掉。令人失望的是,没有鸟来帮我们大象清洁牙齿。在那里,即便是在水里,动物们相依为命的情景也并不少见。

旅行的时候,走在队伍最前面的是年迈的首领,然后依次是未成年的小象、刚出生的象宝宝和象妈妈们,最后面的则是单身雄象和年轻的象爸爸。等到晚上睡觉的时候,老象们的牙齿就会发出声音,接着,其他单身雄象和象爸爸的铃铛也会丁零零地响起来,也就是说,我们被三重铃声保护着,更是被星星保护着。在梦中,我梦见自己在丛林里,天空中大象的亡魂正在拼命地摇晃着象牙铃,咆哮着和月亮进行着殊死搏斗。天空中的大象其实是我们的祖先,它们一直在默默地守护着我们。你应该知道,最早的时候,大象是我们这个世界的统治者,人类、猴子、蛇和老虎是后来被创造出来的。"

"那么,犀牛的创造者是谁呢?"我在梦中继续提问。

凯瑞回答道:"事实上,犀牛是一种任性的大象,当我们的祖先创造一种非常好看的动物时,它们却睡着了。这种动物的厚皮和短腿已经完工了,之后它们怀着某种不可告人的目的为这种生物造好了头,但它们放在头上的并不是象鼻,而是一个尖角。犀牛穿过丛林时就像恶魔一样,就是这个原因。今天晚上你没听到动静吗?它一边大叫,一边疯狂地撞树,不管是大树还是小树,都被撞得乱七八糟。没错,它就是用这种简单而粗暴的方式证明自己来过。不管在哪里,它都是灾难和破坏的代名词,至于它留下的印记,它一点也不在意。因为它知道,没有任何一种动物是它的对手,包括老虎在内,因为它的皮实在是太厚了,老虎根本咬不动。"

那时候,正好有一棵挺拔的大树在我们面前轰然倒下,随之而来的就是这头狂躁的犀牛,它大摇大摆地从我们的眼皮子底下过去了。

"它为什么要直接走过去呢?"我问凯瑞,"很少有动物会这样走。"

"只有正常的动物才会绕着走,"凯瑞说,"直路最近,所以暴怒的犀牛只走直路。"

突然,丛林里变得鸦雀无声。一群大象不知道从哪里冲了出来,就像天上的白云一样无声无息,漫不经心地走着,走得非常慢。一块巨大的黑幕将星星和月亮挡在了另一边,在这个漆黑的夜里,我感觉到,隐藏在黑暗之下的是嘈杂的声音和热切的渴望。

"快爬到树上去,"凯瑞对我说,"从今天晚上开始,我们就要分开了。"

我不确定自己是不是在做梦,还是按照它说的爬到了树上。接着,凯瑞尖啸了一声,整个象群立马停住了脚步。它们说的每一句话我都能听懂,它们看到凯瑞时笑着说:"瞧,它的脚踝上有被绳子勒过的痕迹，居然心甘情愿地当人类的奴隶。"

凯瑞举起长鼻子尖啸了一声，然后说："今天晚上，我想得到一个配偶。有谁要和我比试一下吗？"

一头小象问："你多大了？"

"勇不勇敢和年龄无关。"凯瑞回答道。

象群首领摇了摇头，很明显，它不是这么认为的。

"我们之中的象让老虎变得谦虚，它们能用牙齿把山丘撞倒，还能把丛林里最粗的大树推倒，千万不要小瞧它们。小伙子，你最好还是谦虚点，你还没有资格在我们中间找一位新娘。"

凯瑞尖叫着说："少废话，有谁想试试的，就尽管上吧。"

一头牙齿还很小的象站了出来，成为第一位挑战者。凯瑞站在那里，肌肉不停地颤动着，可以清楚地看到它的全身都在颤抖。

"别担心，"我小声对它说，"还记得我给你讲过的人类的故事吗？我敢保证，它肯定没听说过。"

凯瑞向我挥舞着鼻子，然后和那头小象纠缠在了一起。整个象群都在旁边观战。过了不一会儿，一头小雌象站在了离象群不远的地方。很明显，它就是获胜者的奖励。它们咆哮着把鼻子卷在一起，拼命地向对方扑过去，就像两座小山撞在了一起。

我在前面提到过，凯瑞的牙还很短，在战斗中几乎起不到任何作用。所以，当它们纠缠在一起的时候，凯瑞必须小心地避开另一头象的牙齿。最后的结果是，它们的长鼻子卷成了一团，它们的身体也纠缠在了一起，一动也不能动。

它们不停地转圈，就像两座大山一样。停下来的时候，凯瑞在后腿的支撑下抬起前腿用力地踩向那头象，那头象趁机把鼻子抽了出来，想用牙齿撞凯瑞的鼻子。但让它遗憾的是，凯瑞已经抢先一步踏伤了它的头，它疼得后退到了很远的地方。多亏了身后的那棵树，不然的话，它肯定已经倒在地上了。在战斗中，如果一头象摔倒了，就意味着战斗结束了。

凯瑞以为自己已经获胜了，骄傲地站在那儿，脸上充满了胜利的喜悦，我注意到它的身体因为放松而颤了一下。但没想到的是，那头象弄清楚方向后就果断地发起了反攻，向凯瑞冲了过去。凯瑞还没反应过来，就被它的牙齿弄伤了。

随着一声凄厉的惨叫，凯瑞往后退了几步。虽然它挣脱了那头象的牙齿，但我明显感觉到它在剧烈地颤抖，似乎被切开了大动脉。象群发出了胜利者的欢呼，得意地摇晃着脑袋，小声地说："我们赢了。"

然后，凯瑞开始不停地绕着圈。其他象也和它一样，开始面对面地跳起舞来。它们时而凑成一团，用鼻子击打对方，时而分散开来，然后再聚拢。这时天已经黑了，闪电开始在云顶闪烁，但我们并没有听到轰隆隆的雷声，一切淹没在了两头象的啸声之中。

它们又围成了一圈，把鼻子缠绕在一起。这一次，凯瑞几乎没费什么力就拉回了自己的鼻子，并站到了一旁，只剩下那头象离象群越来越远。凯瑞猛地冲向它，重重地击打着它的侧背，它就倒在了地上。象群立刻散开了，大家的惊呼声时高时低。眼看着凯瑞要抬起前腿踩那头象，象群里最年老的象开口说话了："行了，就到这儿吧！"于是，象群慢慢地散去，凯瑞的手下败将像人间蒸发一样，瞬间就没影了。

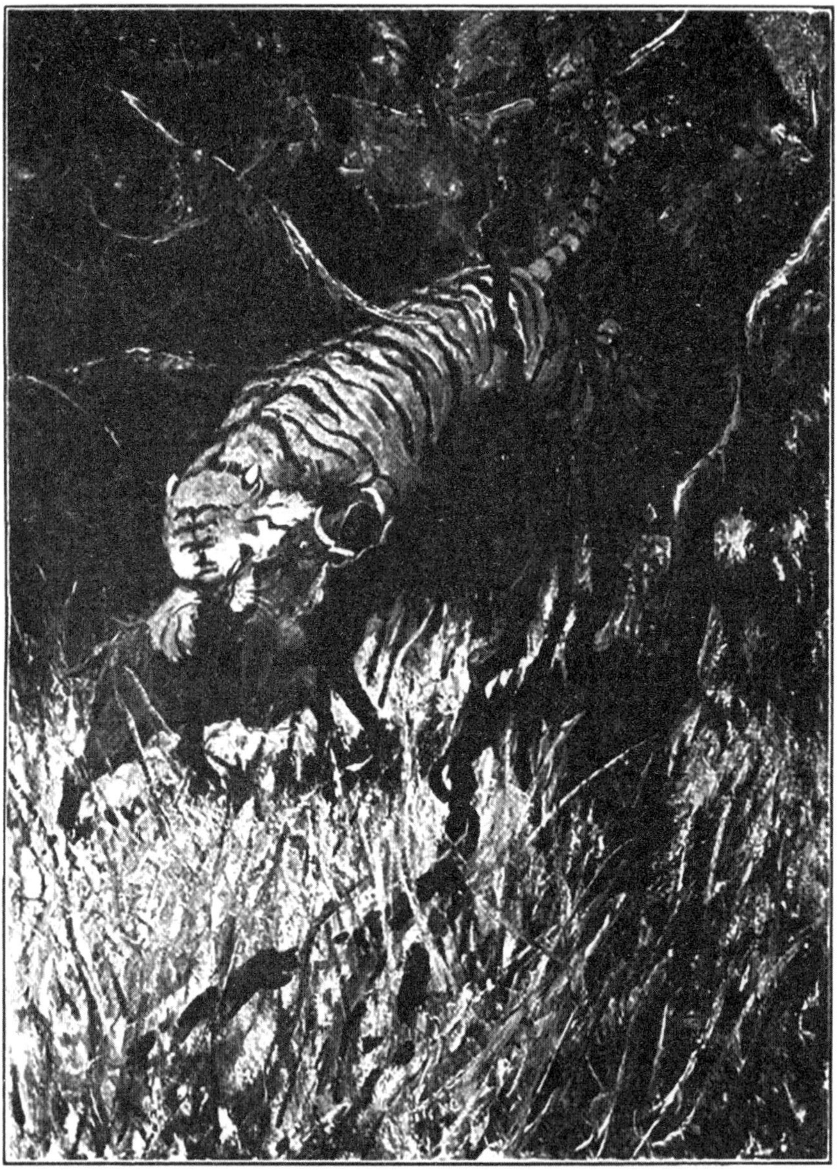

第六章 凯瑞的故事

那头正在旁边观战的雌象走向凯瑞,它们的鼻子盘在了一起。一道闪电伴随着轰鸣的雷声击到树上,紧接着就是一场瓢泼大雨,我的眼前顿时一片模糊。我紧紧地抓住树枝,生怕被冲到地上去,不知道这场雨究竟会下到什么时候。睁开眼的一刹那,我看到了一道白光,但是身上仍然有雨水滴落。我意识到,虽然我头顶的叶子非常浓密,但是雨水照样能穿过树叶的缝隙滴下来。树干滑溜溜的,所以我不敢再往上爬了。在雨停之前,我一直待在树上。

月亮出来后,丛林里变得嘈杂起来,很多动物在下面走动。我看见猴子从一棵树上跳到另一棵树上,还听见了踏在湿草上的脚步声。不一会儿,这些声音全都消失了,只剩下湿漉漉的灌木丛在风中摇曳,就像老虎身上的花纹一样,曲曲折折。

突然,一声清啸响起,接着是巨大的咆哮声,随着砰的一声,好像是什么东西掉到了地上——这意味着老虎的猎物已经到手了。众所周知,老虎的咆哮分为三种:一种是愤怒的咆哮;一种是努着鼻子的咆哮,也就是我之前听到的那种,这说明它正在穿过丛林接近它的猎物;还有一种就是得意的咆哮,意味着猎物近在眼前、唾手可得。对猎物来说,最可怕的是第三种咆哮,有时候甚至会直接吓倒在原地。咆哮过后,老虎会发起突然袭击。这一切发生在日出之前。老虎咆哮着告诉丛林里的所有动物,它已经享用了一顿美餐,等到它离开后,其他的小动物才敢出来看那个可怜的受害者。

雨停后,藏在洞窠和洞穴里的动物们全都出来了。这个早晨,丛林里不再是静悄悄的,动物们都迫不及待地想找点吃的,这样睡觉之前就能吃得饱饱的了。天亮时，我看见凯瑞正站在茂密的树丛下面。

雨下了一整晚，对我而言，这一晚实在太难熬了，简直比一年还要漫长。我轻轻地摸了摸凯瑞的脖子，它像触电了一样，疼得缩了回去。我意识到，这个标记已经成为那场战斗的唯一见证。

我们往回走，穿过小河，发现柯普像落汤鸡一样站在那里，看起来痛苦极了。它高兴地从树上跳下来，爬到凯瑞的背上，沐浴在和暖的阳光下。

我多次让凯瑞自己去找点吃的，但它装作没听见一样，最后我们只好匆忙地回到了村里。在回家的路上，我真切地感受到了丛林法则的存在，因为凯瑞身上的确散发出了一种淡淡的臭气。也许你会说，这只是伤口的气味而已，但我并不赞同。它和另一头象搏斗的时候肯定学会了憎恨和恐惧，而我在它身上闻到的，就是这两种味道。为了洗掉它身上的臭气，我花了差不多两个星期。

但我必须说明的是，洗掉气味的，并不是洗澡时用的水，而是村民们温柔的呵护和诚挚的友谊，这让凯瑞渐渐将憎恨它的敌人抛到了脑后。

第七章 捕猎老虎

我一定告诉过你们，凯瑞并不是一头猎象。但是有了丛林里的经历后，它好像已经彻底把恐惧和惊慌抛到了脑后。在很多场合，它都显得高贵而冷静，已经不再是一头无知而慌张的家象。很明显，刚刚结束的那场战斗让它变得信心十足，从那以后，它再也不会因为任何事而慌张。

你们知道吗，音乐也能对动物或植物产生一些微妙的影响。如果你用长笛吹奏着指定的曲子，蛇就会全部从洞里钻出来，在音乐中翩翩起舞。森林里还有一种特别敏感的花，它们一听到好听的音乐就会睡着。

你肯定想象不到鹿有多么喜欢音乐，但是我亲眼见过。中午的时候，如果你站在森林的边缘吹着长笛，打着拍子，发出如同召唤羚羊的哨声，就会看到神奇的一幕：成群的鹿仰天长啸，好像也在吹出哨声。

一天下午，我们在丛林里安静地吹长笛，周围静悄悄的。当我停下来吹奏另一首曲子时,一种小型植物的叶子晃动时的沙沙声突然响起,其他地方却一点动静都没有。我又换了一首曲子,但没想到的是,连树叶都不动了。我本来想测试一下我吹奏长笛的本领,却不得不接受这样的事实:我的笛声吸引不了任何动物,这让我伤心不已。

天渐渐黑了,旷野的草地还沐浴在四月的残阳中,丛林的夜幕却已经变得越来越厚。

绝望之余,我决定吹奏最后一首曲子。尽管这首曲子我还不太熟练,但吹奏的时候,我全身心地投入其中,倾注了所有的感情和注意,把周围的一切都抛到了九霄云外。

突然,我好像听到有人在拉绳子。我抬起头,原来是一只鹿,它的鼻孔因为兴奋而剧烈地抖动着,好像陶醉在我的笛声中。它如痴如醉,甚至连美丽的叉状角也被卡在了一棵树上,此时它正在拼命地挣扎。我一边接着吹,一边目不转睛地打量着它。它好不容易才从藤蔓中挣脱出来,脑袋上却还是缠着一团卷须草,就像一顶绿色的王冠。它越走越近,最后在离我不远的地方停了下来。

在悠扬的笛声中,一张张金色的脸庞陆续从茂密的树丛中走了出来,有梅花鹿、麝香鹿、瞪羚和羚羊,仿佛都在回应着我的曲调。

就在我停下来的一瞬间,动物们颤抖了一下,那只鹿像受了惊吓一样,猛地迈开步子,消失在了茂密的草坪里,其他动物也像变戏法一样消失得无影无踪。我甚至能感觉到远处草坪的震动。

见识到音乐对动物的魔力之后,我开始有意识地训练凯瑞和

第七章　捕猎老虎

柯普来聆听我的曲子。柯普太顽皮了，训练它可不是那么容易的事。听到笛声的时候，它不是去睡大觉，就是爬到树上。猴子真是一点儿音乐细胞都没有。

和柯普相反的是，虽然凯瑞刚开始听到我的笛声时表现得还不如柯普，但是它对音乐非常敏感。它和柯普一样，根本听不懂我的笛声，但是每当我打起拍子来，它总是安静地听着，然后我就用它的方式告诉它，这是回家的命令。这时，它那像扇子一样的耳朵不再晃动，活泼好动的大鼻子也会难得地安静一会儿。但令人失望的是，它被我的旋律打动的机会并不多。

在凯瑞和那头野象战斗后的某一天，我试着为凯瑞吹奏。我吹了很多不同的曲调，总算是找到了它喜爱的曲子。我可以不停歇地为它吹奏三分钟。

我的努力没有白费，到了八月底，凯瑞已经能连续十分钟都听我的曲子。

一年的时间很快就过去了。当夏天再次回到我们身边的时候，用不同的曲调指挥凯瑞对我来说已经是小菜一碟。我坐在它的背上或者脖子上，什么话都不说，就可以用笛声来指挥它。

这个夏天，我们的村子里出现了一只凶猛的老虎。它的头就像是一座城堡，它的身子甚至比公牛还要健壮。一开始，它最大的罪行只是在夜里杀了几头牛，并没有伤害任何村民，但是有一天晚上，它居然咬死了一个人。更可怕的是，从那以后，人变成了它唯一的食物。

我们人类喜欢吃鸡肉，同样，老虎也喜欢吃人肉。

我们的房子就在丛林附近，家里所有的窗户都被铁条封死了，老虎肯定进不去。除了蚊子和苍蝇，什么东西都飞不进去。

一天晚上，八点左右，我坐在窗前的时候突然听到了法玉的叫声。忘记向你介绍了，法玉是一只狐狸，如果看到老虎来了，它就会警告所有的动物。那天晚上，天并不是很黑，一只狐狸走过去没多久，我就闻到了一股老虎的气味。

又过了一会儿，一个黑色的大家伙走了过来，趴在窗户前面。看见它趴下了，远处的狐狸停止了尖叫。很快，老虎站了起来，朝窗户走来的时候，狐狸又开始叫了起来。虽然我怕得要命，但为了看清楚这只老虎的模样，我鼓起勇气点燃了一根火柴。这突如其来的火柴把老虎吓得仓皇而逃。

第七章 捕猎老虎

此后,每天下午,那只老虎都会在村子里出现。一天下午四点左右,我们发现它站在河对岸的岩石上,打量着我们的村庄。这条河很浅,不到五英尺,但是河面很宽,淹没了整个沙堤。老虎远远地注视着村庄,眼睛里闪烁着兴奋的光芒。

必须说明的一点是,按照印度的法律,任何人不允许携带枪支,如果有老虎或豹子在村子里横行,就要赶紧通知英国官员,只有他们才有权杀死它们。我们向地方政府提出申请几天后,一个肥胖的英国人来了,在灿烂的阳光下,这个英国人原本就红的脸变得更红了。

在印度,人们打猎时必须遵守一定的规则:绝不能向一只比自己弱小的动物开枪。如果你的对手是老虎或者豹子,必须提前警告它。如果违反了这个规则,后果往往很严重。英国官员到来后,我让凯瑞载着我们去户外,告诉他凯瑞是打猎的一把好手。

英国人骑在凯瑞背上开了很多枪,几只小鸟因此而丧命。这是凯瑞第一次听到枪声,但它一点儿也不害怕,根本不把那些飞出的子弹放在眼里。在它看来,它才是丛林里当之无愧的"老大",任何东西都不能让它吃惊。据说,在印度,绅士就从来不会吃惊。不用说,凯瑞的祖先们都是绅士。

亲手杀死那些鸟后,这个英国人对凯瑞捕猎的本事深信不疑。那天凌晨四点我们就出发去射杀老虎,我坐在凯瑞的脖子上吹着笛子,这个英国人则坐在象轿里,因为他还不习惯乘坐大象。

我们穿过小河,慢慢地向丛林深处走去。对驮着象轿的大象来说,穿过丛林并不是一件容易的事,所以我们必须侧着身子在树的空隙里穿梭,其他的枪手则在队伍的最前面。

从这时候开始计算,我们大约在两个小时后来到了一片开阔地上。这时,太阳已经升得很高了,周围静悄悄的,凯瑞不断地拨弄着树枝,肯定很无聊。那个英国人只会说英语,但我对英语一无所知,所以我们几乎不怎么交流,只能通过手势来猜测对方的意思。

最先靠近我们的是一群羚羊,它们像金光一样从我们面前一闪而过,划破绿莹莹的河水后不见了踪影。接着,丛林又获得了片刻的宁静,但是很快就被犀牛的咆哮声打破了。犀牛还是老样子,总是不管三七二十一就拼命地往前冲,丝毫不在乎自己毁掉了什么。

凯瑞把头扭到一边,不去看它,因为大象很容易被横冲直撞的犀牛激怒。犀牛消失后,一头尖角野猪闪电般地穿过空地,像一支标枪一样,跟在它屁股后面的是很多动物,比如鼬鼠和野猫。然后,我们看见了一只梅花鹿。一般来说,梅花鹿很少在旷野里出现,总是藏在树木和草丛之间。它之所以出来,大概是因为它闻到了人类和大象的气味。

我们竖着耳朵聆听着那只老虎的威慑力十足的咆哮声,和我们预想的一样,那只老虎的确咆哮了几次,但是当英国人朝声音传来的方向瞄准时,丛林里很快就安静了。就在此时,一群大象从天而降,悄无声息地穿过空地,没有留下任何痕迹,让人产生了一种在教堂里的错觉。

人们再一次听到了老虎愤怒的咆哮声,如果听得没错,老虎就在我们前面。枪手们立刻警觉起来,不安地等待着老虎的身影。终于,老虎出现了!它猛地跳进了这片空地,一眨眼的工夫就又

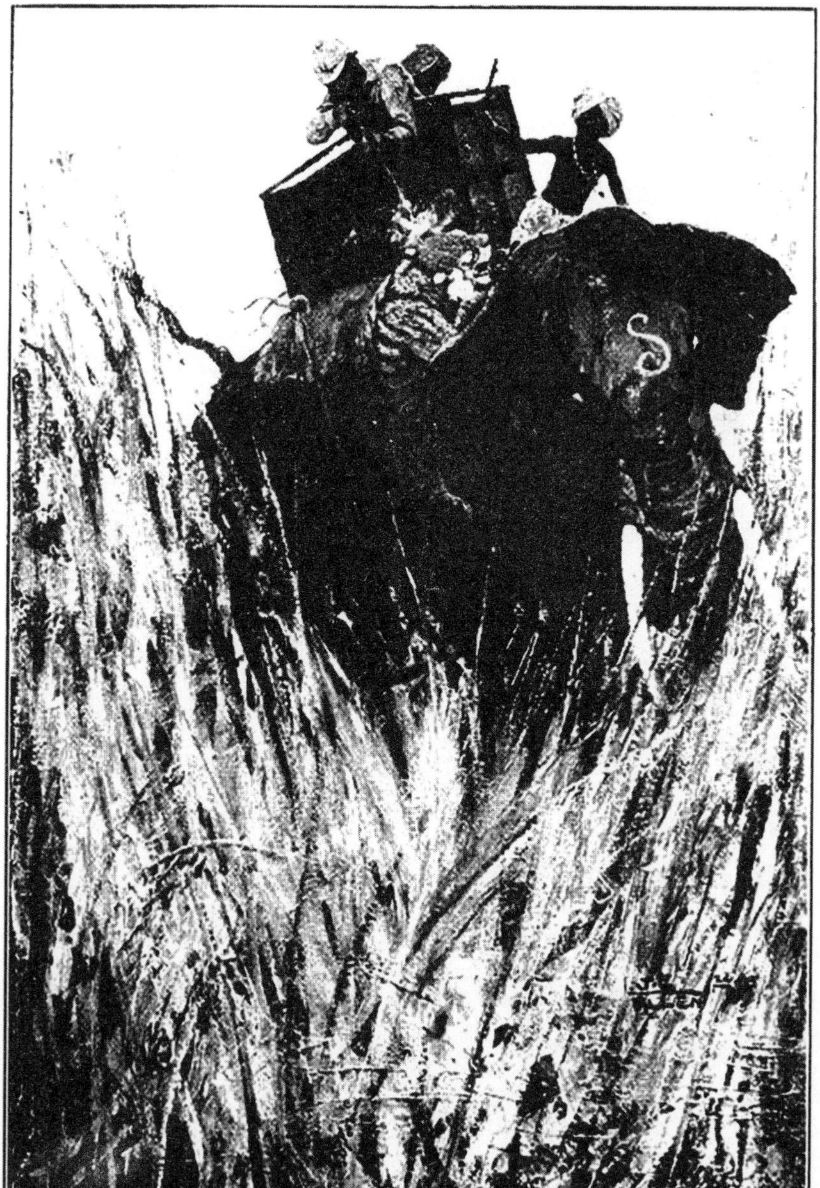

消失了。我们能清楚地看到它在丛林里穿梭，但当它停下来的时候，我们唯一能看见的只有它的后腿。在紧张的气氛中，英国人克制不住自己，扣动了扳机。老虎咆哮着冲到凯瑞前面，做好了袭击的准备，凯瑞下意识地后退了几步，背靠着一棵大树。英国人的枪打一次就要装一次子弹，所以他必须等一会儿再开枪。

老虎跳到了凯瑞身边，它就在象轿前面，和英国人的距离已经不足一支枪的长度。我停止了演奏，用印度语大声地骂道："你这个蠢货，在开枪之前为什么不鸣枪警告它呢？还没有看到动物，怎么能向它开枪呢？难道用子弹打中它的后腿，它就会死吗？"

英国人吓得面无血色，浑身不停地颤抖。他死死地握着手里的枪，试图把子弹装好。老虎离象轿越来越近，伸出了锋利的爪子。凯瑞拼命地摇晃着身体，却始终没能把老虎从身上晃下来。它的皮肤已经被抓伤了，发出了凄厉的咆哮声。凯瑞举起长鼻子，使出全部的力气撞向它身后的大树，老虎却还是紧紧地贴在它身上。眼看着老虎锋利的爪子离英国人越来越近，他惊恐地往后退，趴在象轿的护栏上。他退到了象轿的角落里，刚好能拿起步枪射击老虎。只见，老虎血红的眼睛变成了黄色，然后，老虎发出了只有面对猎物时才会发出的咆哮声，英国人吓得瘫倒在象轿里。

英国人已经被吓傻了，我确信他马上就要被老虎吞进肚子里。情况紧急，我必须赶紧想办法，于是不再骂他，而是开始召唤凯瑞。听到召唤后，凯瑞迅速冲到前面，用长鼻子拉倒了一根很粗的树。就在树倒地的那一瞬间，老虎转过头来，看着声音传来的方向。老虎的头就在我的眼前，那一刻，老虎傻眼了，不知道自

第七章 捕猎老虎

己到底是该攻击我,还是应该把锋利的爪子伸向原先的猎物。我们就这样对视着,我被吓得呆呆地站在那儿,但我立刻回过神来告诉自己,如果我也被吓傻了,我和英国人就只有死路一条。我努力地控制住自己。凯瑞尝试着用长鼻子向这只老虎发起攻击,却怎么都够不着它。

突然,我的脑子里蹦出了一个念头:英国人和老虎已经有了一枪之隔,为什么不向老虎开枪呢?想到这里,我用长笛拼命地砸向老虎的爪子。老虎躲开了,我围在腰间的宽松披巾却被它撕成了碎片。当布被撕破的声音传到我的耳朵里,我觉得很庆幸,因为我没有受伤。在最后关头,我看见英国人朝老虎的耳朵开了一枪,除了一声巨响之外,我唯一能记得的就是我的脸上到处都是殷红的虎血。随后,凯瑞一路飞奔,跑出丛林才停下来。幸运的是,凯瑞只是受了一点皮外伤,没什么大问题。清醒过来的英国人和枪手们走回去看那只被打死的老虎到底有多大,我的妈呀,这只老虎有九英尺长。它太可怜了,死后还要被人把皮剥下来。

第八章　凯瑞和流沙

大象很无私，如果遇到了危险，它们也会像人类一样主动避难。下面的这次冒险经历，就是非常好的证明。

一天，凯瑞、柯普和我一起去河边帮忙，想把一条搁浅在岸边的大船拉到水里。那里是逆流，所以纤夫们几乎不可能拽着绳索把船拉到岸上。除了老老实实地站在原地，尽量不让船后退之外，他们什么都做不了。我在凯瑞身上拴了一根非常结实的纤绳，这让它看起来非常滑稽，因为这是它第一次拉重物。一开始，凯瑞使出了全部的力气，纤绳眼看着就要被拉断了，大船在水里摇摇晃晃，差点就翻了，幸运的是，大船慢慢地漂到了原地。大船是逆流而行，船上的人害怕大船翻了，吓得大声嚷嚷着让我们停下。

但凯瑞对船上人的意见充耳不闻，把船拉到大约二百码的地方才停下来。

渐渐地，绳子变得越来越松，急流开始拉着我们不断地往后

第八章 凯瑞和流沙

退,我们只好再次用力,生怕被拉回去了。这样一来,绳子又绷得紧紧的,船上又传来了人们惊恐的尖叫声,这样循环往复了好几次。当我意识到凯瑞的错误时,我连忙纠正了它的方法。在我的命令下,凯瑞轻轻地拉船,没想到,只过了一个小时,凯瑞就把船拉进了水里。

凯瑞继续挥舞着它的长鼻子,试图把我绑在它背上的床垫拉下来。但是,每当它试探着把鼻子伸向我的时候,它就会往流沙里陷一步,这一点它肯定没有想到。它试图把长鼻子伸向我,在我看来,它的鼻子像一条捕获猎物的大蟒蛇一样,我觉得害怕极了。此时,凯瑞的尖啸已经彻底消失了,随之而来的是一种突如其来的寂静,也是一种令人惊恐的寂静。

柯普一边尖叫,一边从树梢上跳了下来,我则闪电般地从凯瑞的背上跳到了四周冻得硬邦邦的地上,避开了流沙陷阱。眼看着流沙已经淹没了凯瑞的胸脯,我只能看见它的背部和鼻子,它痛苦地哀嚎着。我赶紧跑到村子里找救兵,当我带着人群和绳索木板回来时,看见凯瑞的头仰得高高的,流沙已经没过了它的下巴。而现在,我们唯一能做的就是让凯瑞把自己拉上来,于是我们把绳子的一端系在树上,另一端则扔给它。凯瑞用长鼻子拉住绳子,然后拼命地向上拉。绳子绷得紧紧的,那棵树也因为承受了凯瑞的体重而吱呀吱呀地响。但令人失望的是,凯瑞虽然向前滑了一点,后腿却陷得更深了。

现在,凯瑞已经完全平躺在流沙里了。它使出全部的力气死死地拽住绳子,因为它知道只有这样,我们才能靠近它,并把木板放在它的身体下面,而这是让它停止下陷的唯一办法。虽然凯瑞没有继续下陷，但是我们并不知道怎样才能把它救上来。我们想了很多办法，却仍然没有办法把它的前肢托起来，把它拉出流沙。

邻居也带着大象来帮助我们，它是凯瑞的母亲，之前被我们送给了它现在的主人。直到天黑时凯瑞的妈妈才来到这里，所以我们什么事都做不了，只好让凯瑞继续在流沙里待一天。

第二天一早，我们看见凯瑞仍然陷在流沙里。它松开了抓住绳子的长鼻子，我们在它旁边放了很多木板，这时它没有攻击任何人，因为它知道大家都在努力地救它。当我们确信这些木板足以承受凯瑞的重量时，它的母亲慢慢地走向它。它的母亲用鼻子缠住它的脖子，使劲地往上拉。凯瑞发出了痛苦的呻吟声，很快，它又开始下沉，所以我们在它的身下垫了更多木板。除此之外，我们还在它的身下拉过了一条结实的粗缆绳，绳子的一端系在它母亲的身上，另一端则把它系得牢牢的。它的妈妈拼命地往上拉，力气大得惊人：凯瑞的头和四肢都被拉了出来。然而没多久，它的前腿就再一次陷入了流沙里。很快，它的后腿也开始下沉，所有的人都非常担心，我觉得自己可能要再一次失去凯瑞了。

值得庆幸的是，情况比我预想的好得多：只要再用一根缆绳系住刚才的缆绳，就一定能拴住它。这一次，我们把两根绳子拧在一起，然后向它的长鼻子扔了过去。看样子，凯瑞已经筋疲力尽了，但它并没有违背我的命令，用鼻子拉住了绳子。在母亲的帮助下，它先把自己的后半部身体拉了出来，接着又成功地拉出了两条腿，并且放在身下的木板上。看着凯瑞走在坚硬的木板

第八章 凯瑞和流沙

上，人们激动地欢呼着。柯普立刻从树上跳下来，落在凯瑞的背上，凯瑞得救了，高兴得不得了。但是凯瑞丝毫不在意大家的关心，它不耐烦地甩掉了背上的柯普。我了解凯瑞的心思，赶紧折断了一些树枝喂给凯瑞，它迫不及待地吃了起来，它的确是饿坏了。要知道，一只饿着肚子的大象可不好对付。

第九章　凯瑞的驾驶员

那时候，我偶尔会把凯瑞当做交通工具。我们曾经跟着骆驼商队去过印度的很多边远的地方，骆驼商队们往往会从印度的北部走到南部，每次都是满载而归，带回来大量的金银、香料和水果。他们在炎热而荒芜的城市穿行，为的就是抬高货物的价格。但是，我们一般在城市和丛林之间来回探险，不得不承认，大象比骆驼更适合当保镖，因为土匪们敢抢劫骆驼商队，却从来没有人敢攻击大象。丛林里同样如此，没有动物敢打大象的主意，所以每当商队想把贵重的珠宝从北部运到南部时，首先想到的就是我的凯瑞。

有一次，我和凯瑞奉命为国王办事：搬运王宫里的翡翠。翡翠上雕刻着两张像星星那么大的图案，是关于英雄和神仙的史诗，在阳光下闪闪发光，耀眼夺目。我们带着翡翠离开城市，打算穿越丛林。

就在那天晚上，我们欣赏到了从未见过的美景。周围黑漆漆

第九章 凯瑞的驾驶员

的,星星低垂在空中,仿佛就在头顶上,一伸手就能摸到。丛林里的动物们都在角落里悄悄地注视着树丛下的我们。最先传入我们耳朵里的是夜莺的鸣叫,叫声刚消失,猫头鹰的声音就开始了,接着,蝙蝠们扑扇着翅膀,从树叶间穿过的声音响起了,偶尔还会看见一两头野猪横冲直撞地穿过丛林。

在黑暗中,野猫的眼睛闪烁着幽幽的绿光,显得特别醒目。当我的眼睛逐渐适应黑暗时,我看见一些动物在树叶里刨洞,和海狸鼠非常像。有一只鼬鼠从我的脚下一闪而过,我能感到远处那些矮小的植物在左摇右晃。突然,一声咆哮响起,其他细微的声音瞬间消失了,周围变得静悄悄的。寂静再一次从天而降,除了少数昆虫的鸣叫声和流水声之外,我听不到任何声音。不一会儿,狐狸尖叫着发出了警报,紧接着就是老虎的声音。当时我趴在树上,所以我的气味飘到了很高的地方,动物们并没有察觉到我的存在。

渐渐地,一切都安静下来了,整个丛林不得不再次接受寂静的奴役。我看到成群的大象跳进河里沐浴:它们看起来小心翼翼的,身体浸入水中时几乎没发出一丁点声音,就像云朵遮住太阳一样。我看得清清楚楚,它们的长鼻子纠缠在一起,一起在水中摘百合花吃。月亮升得越来越高,这一切在明亮的月光下显得非常清楚:岸边是成群的小象,它们走进水里,向大象们学习不出声音用鼻子吸进大量的水再把水喷出来的动作。象群的沐浴活动很快就结束了,它们的身体湿漉漉的,不断地淌着晶莹的水珠,这是它们洗过澡的唯一证据。

象群的狂欢让凯瑞的心开始蠢蠢欲动,它不顾我的命令向河边跑去，想追随它们而去。我连吃奶的力气都使出来了也没能拦住它，凯瑞背上的床垫和其他东西都湿透了，我只好游了回来。幸好这块翡翠系在我的脖子上，不然的话一定会掉进水里。我爬到一棵树上，耐心地等待着凯瑞从水里出来。

我刚在树枝上坐了一会儿，就看到一双眼睛注视着我，闪烁着幽幽的光。我看了又看，情不自禁地打了个寒战，但我努力让自己冷静下来，远离恐惧和憎恨。我让自己重新变得勇敢，转过头直直地朝那双闪光的眼睛看过去。它正在慢慢地靠近我：在月光下，我看见一条眼镜蛇盘踞在离我很近的那根树杈上。它闻到了我的气味，并跟在我屁股后面，也爬到了树上。只要我稍微动一下，它就会立刻冲过来用毒牙咬死我，所以我只能老老实实地坐在那儿不动。

不一会儿，丛林里响起了一声可怕的嚎叫，随之而来的是远处密集嘈杂的脚步声。声音越来越大，我顿时觉得有巨大的火焰正在一口口吞噬这寂静的夜晚。声音离我们越来越近，眼镜蛇朝我爬了过来，我还是一动不动地坐在那儿，眼睁睁地看着眼镜蛇冰凉的身体从我的手指爬过。但我早已打定主意不再害怕它，终于我滚烫的手感受到了一丝沁人心脾的凉爽——只是一眨眼的工夫，它就溜走了。

现在，我猛然看见凯瑞完好无损地站在我面前，于是高兴地跳到了它的背上。

当我们急匆匆地穿过丛林时，老虎的清啸响起了——不是憎恨的咆哮，也不是即将大开杀戒的咆哮，而是请求帮助的咆哮，它就在我们后面。

第九章 凯瑞的驾驶员

对我们来说，从丛林到村落的道路再熟悉不过了。我们接近村庄时，整个村庄还在甜美的梦乡。我回过头一看，被眼前的一幕惊呆了：梅花鹿、豹子、野猫和其他动物都跟在我们屁股后面，迫不及待地冲出了丛林。

太阳驱赶着可怕的黑暗，慢慢地越过地平线，等到太阳升起时我才发现，那些所谓的黑暗其实是着火后的浓烟。很快，我的判断就得到了证实：空气中弥漫着树叶烧焦的味道——森林着火了。

一个半小时后，当我们到达村庄的时候太阳已经悬挂在高高的空中。豹子们像乖巧的孩子一样趴在房子旁边，野猪们哼哼着躲进了稻田，老虎则趴在旷野上，目不转睛地盯着茂密的森林。羚羊和鹿都站在池塘和河岸边，因为它们非常清楚，水塘是唯一能避开大火的地方。成群的鸟儿惊恐万分，仓皇而逃。很快，我们就看到了树木和草丛里的火舌，熊熊大火咆哮着向我们的村落席卷而来。

现在，靠近动物并安慰它们的时候到了，在这场巨大的灾难面前，它们忘记了彼此的关系——捕猎者和被猎者。大家心里涌动着一种共同的友爱感，和老虎丢掉残忍、人们丢掉恐惧、食草动物丢掉危险一样。我们看着彼此，把对方当成了心灵相通的兄弟。这个场面让我认识到，印度教相信植物、动物都能和人一样有着相同的灵性，一个生灵对另一个生灵的影响总是在潜移默化地进行着。

丛林被烧成了灰烬，老虎痛苦地用爪子捂住自己的脸，野猫们颤抖着蜷缩成一团，也遮住了自己的脸。在这个世界上，恐怕没有哪一个人或哪一只动物愿意经历这次灾难，天快黑的时候，有些鸟儿像无头苍蝇一样飞来飞去，最后居然像被施了魔法一样飞向火焰，葬身火海。

如果一个人被吓得连自己都控制不了，就会彻底成为恐惧的玩物，从而丧失理智和自我保护的意识，最终坠入自我毁灭的深渊——这一切的根源就是恐惧！

我看着凯瑞和其他动物，越来越明白一件事：为什么凯瑞和我彼此珍爱——因为我们有一个共同的灵魂。我吹起了长笛，被这样的场景深深地感动了。不要憎恨或害怕任何动物，动物和人类一样，都被赋予了意志。而隐藏在每个灵魂背后的，是大自然的脸庞——这就是我从这场大火中得到的最深刻的感悟。

第十章　凯瑞在木材厂

这场大火过后，我的家人把凯瑞送到了木材厂。有意思的是，到木材厂没多久，它就学会了木材交易的所有技巧，简直是个天才。它什么都会做，不仅能把沉甸甸的原木从森林拉到户外，还能把那些稍微轻一些的木材堆在一起。它的平衡感好极了，每次都能把木材堆放得整整齐齐的。凯瑞在木材厂并不是孤零零的，很快就要有另一只大象来帮助它，块头比它还要大。如果原木太重了，凯瑞举不起来，它们就会联手，一起把原木抬到车上。

现在，我们的木材厂比原来先进多了，丛林里的繁重动作全都交给了装有发动机的工具，比如，汽车或卡车。大象的工作非常简单，把木材从森林里拉出来后堆放在机器旁边就行了。这些机器的操作工还是和以前一样，每天都要吃肉喝酒，但我不明白的是，这些西方人来到东方后一直保留着奢侈的生活方式，虽然喝酒吃肉是御寒的好办法，但在印度这个热带地区，他们的身体反而会越来越差，很快就彻底垮掉。事实上，凯瑞讨厌的并不是喝酒吃肉的人，而是吃肉的老虎。但是，它从不憎恨或讨厌他们，只是不想和他们在一起而已，总是离他们远远的。这些来自远方的人做梦都没有想到，大象居然也会有思想。

凯瑞的一天是从早上五点半开始的，快到中午时我就会在给它洗澡，并让它在房间里歇一会儿。但是过不了多久，它就会在下午很早的时候接着工作。劳累了一天后，凯瑞会胃口大开，吃很多米饭，忘记跟你们说了，现在它最爱吃的是米饭。天黑以后，我会把它拴在亭子上，然后去外面的吊床上睡觉。

一天晚上，我突然听到了凯瑞可怕的尖啸声，我大惊失色，飞快地从吊床上跳下来，向它的亭子冲过去。原来是两个喝醉酒的操作工正在划着火柴扔向凯瑞。大家都知道，动物们都非常怕火，凯瑞也一样，它冲着那两个可恶的操作工尖啸，眼睛里的怒火正在熊熊燃烧着。

我立刻冲上去阻止他们俩，但是他们醉得稀里糊涂的，非但没有听我的劝告，反而大声地骂我，继续向凯瑞扔点燃的火柴。无奈之下，我解开了凯瑞身上的铁链。

要知道，锁大象的铁链往往埋在地下五六英尺深的地方，并且被水泥和土固定住了，非常牢固。如果是在平时，大象几乎不可能挣脱这种铁链，我担心他们的火柴会把房子点燃，我非常清楚，万一小屋着火，凯瑞肯定能挣脱这条铁链，逃到安全的地方，但幸运的是，那天晚上并没有发生什么可怕的事。

那么，动物们为什么会怕火呢？这一点我必须详细地说明一下：大多数动物会游泳，所以它们不怕水，但如果它们被火困住

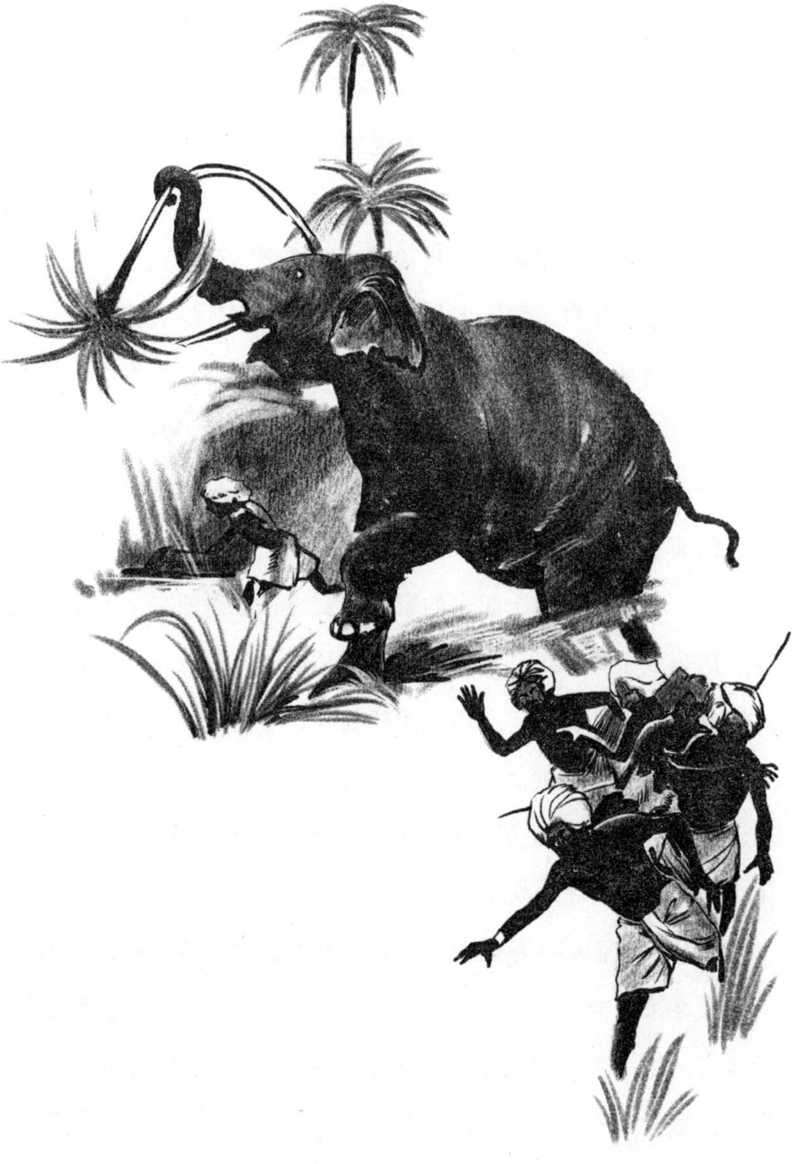

了，最后一定会被烧成灰烬，所以它们本能地对火产生一种防备心理。如果看见起火了，不管火势大小，它们撒腿就跑。而且，历经了一代又一代的丛林大火后，火慢慢变成了它们最害怕的东西。它们继承了祖先对火的恐惧，在动物面前玩火绝不是明智之举。如果包括大象在内的庞然大物被火吓到了，它就会发疯似的狂奔，后果不堪设想。

第二天，中午午休时，我和平时一样把凯瑞拴在亭子上，然后躺在吊床上休息。快到下午的时候，凯瑞刺耳的尖啸声再一次传入了我的耳朵里。果然不出所料，昨天的一幕再次发生：那两个操作工无事可做，就又喝得酩酊大醉，继续逗弄他们附近的动物取乐，我的凯瑞当然也包括在内。凯瑞那座亭子的顶部是茅草，地上则铺了厚厚一层竹子。我向凯瑞跑过去，想弄清楚到底是怎么回事，顺便让这两个胆大的家伙不要再来招惹凯瑞。但他们把我的话当成了耳旁风。就在这时，干枯的树叶着火了，我看见凯瑞把鼻子举得高高的，大声地尖啸起来，于是我立刻松开了它身上的铁链，生怕它被烧死了。凯瑞尖啸着冲出了亭子，踩到了一个玩火的操作工，他立马就变成了肉酱。凯瑞的啸声越来越大，用力地挥舞着长鼻子跌跌撞撞，像疯了一样。

意识到我们陷入危险时，我迅速地爬到了一棵很粗的大榕树上，藏在浓密的树叶里，这样凯瑞就够不着我了。凯瑞挣脱铁链后攻击的第一个目标就是那个汽车工程师，这个倒霉蛋正好站在外面，毫无意外地成为了凯瑞脚下的亡魂。不一会儿，木材厂所有的人都倒在了地上。在宽敞的木材厂里，只有那些螺纹钢筋顽强地屹立着，此时凯瑞的怒吼声还在空气中回荡。这时，凯瑞一

第十章 凯瑞在木材厂

回头,看见总工程师和另外两名男子站在走廊上,于是红着眼睛冲向他们。他们知道惹怒大象是什么后果,所以跑到了房间里。这样就安全了吗?当然不是!凯瑞用长鼻子掀掉了房子的茅草屋顶,发现里面一个人都没有,只是两辆卡车,于是气冲冲地抬起脚,不费吹灰之力就把两辆车踩得稀巴烂。接着,凯瑞决定把怒气发泄到一头强壮的公牛身上,用长鼻子缠住公牛的脖子,把它抛到空中,毫无疑问,公牛摔死了。

只是一眨眼的工夫,凯瑞就消失得无影无踪。

在此后的两个星期里,我没有得到任何关于凯瑞的消息。我每天都在想它,期待着它能回到我身边,最后却只是一次又一次地失望。到现在为止,没有任何人知道它到底去哪儿了,过得怎么样。虽然它被那些卑鄙的工程师逼疯了,我觉得它肯定回到了丛林,当它清醒过来后,就消失在了丛林的深处,所以才回不来了。还有另一种可能,如果它真的跑到了森林里,肯定会被丛林的魅力所征服,再也不可能回来了。我想,凯瑞对人类的最后印象一定糟糕到了极点,所以当丛林精神占据它的心灵时,它就再也不可能回到人类身边了。

事情的经过就是这样,我永远地失去了我的朋友、我的兄弟——凯瑞。

虽然它只是一只象,但对我来说,失去它让我非常痛苦,因为我们总是心灵相通。我深信,我们会永远留在彼此心里。

老虎的故事

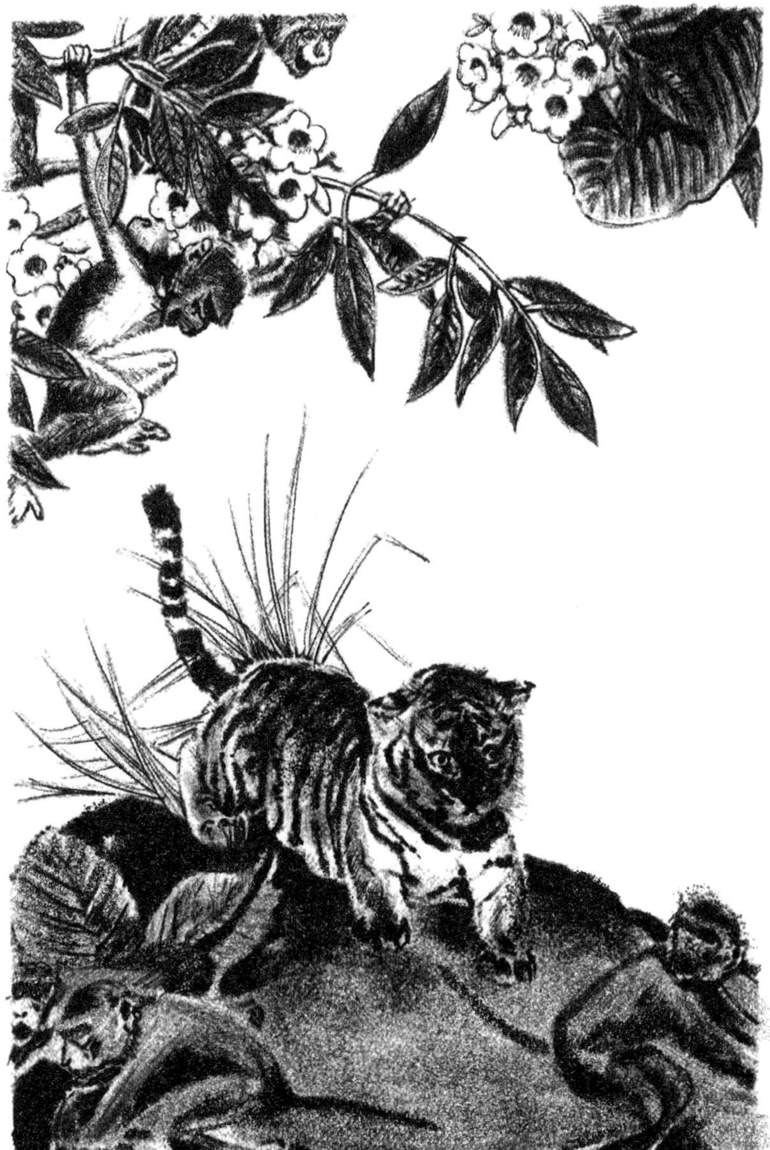

第一章　暴暴脸

在出生后的头两个月，暴暴脸对自己的父亲一无所知，全由母亲巴尼在私底下悉心照料着。

通常而言，猫科动物在当了父亲后都不待见自己的儿子，甚至老想着杀了它们。为了保护自己的幼崽免于被杀，当母亲的都会异常谨慎。

在暴暴脸的皮肤长得足够坚韧——坚韧到足以扛得住其他猫科动物的尖爪以前——巴尼都不曾带它见过它的生父一面。

第二个月还没过去，巴尼的丈夫就寻了过来。这实属意外，但好在什么伤天害理的事也没发生。小虎崽和它的生父似乎一拍即合，相处得十分友好。尽管当母亲的心头稍宽慰了些，但也不敢因此而放松警惕。在初次见面的那股子新鲜劲过后，无论它们父子俩走到哪儿，巴尼都小心翼翼地跟着。即使当丈夫和儿子在白天小憩的时候，它也会躺在它们俩中间，保持着高度的清醒。

随着小虎崽逐渐长大，母亲对它的喜爱也与日俱增——这让

当父亲的嫉恨不已。日子一天天过去，它的脾气变得越来越暴躁。

一天晚上，一家子正在追捕一头黑鹿，小虎崽挡在中间碍了事，叫猎物给跑掉了。雄虎怒不可遏，把它扑在了身下。母亲急忙赶过来，只瞥了一眼，就明白这次绝不是闹着玩儿的。它的第一个念头是把这两位斗士分开——可是暴暴脸忽然发出一声疼痛难耐的嗥叫，让它一下子被愤怒冲昏了头脑。它像眼镜蛇一样一口咬住了自己丈夫的脖子。当雄虎用爪子向它还击的时候，它忽然意识到，想让它的宝贝安全，首先要让自己安全。因母爱而生的怒焰让它的恐惧消散殆尽，它的嘴巴死死地咬着那位杀手的身体，那股子劲儿是雄虎此前从没体验过的。

于是，雄虎松开了虎崽。虎崽立刻跑到一条不远的溪边，好让滚烫的伤口凉下来。它的父母在外面的黑暗之中的每一次暴怒和咆哮都会叫它惊恐不已，浑身颤抖。它们之间的激战扬起的尘

第一章 暴暴脸

土，连同它们身上散发的气味，一起被风吹到它的鼻子里，让它头晕目眩。

与此同时，怒火中烧的巴尼正在向它的伴侣发起猛攻，它的牙齿几乎把对方的颈骨都咬碎了。雄虎疼痛难忍地叫着，竭尽全力想要挣脱出来。眼见着对手露出了战败的迹象，巴尼终于松开了紧咬不放的口。雄虎立刻消失在丛林深处，找地方安抚自己疼痛的伤口。巴尼来到暴暴脸站立的水边，洗完澡，舔舐完儿子身上的伤口后，就带着它来到了附近一处隐蔽的地方。

事已至此，它不得不独自训练自己的幼崽了。暴暴脸要学很多东西才能最终自立。首先，它得自己捕猎：这是小老虎在半岁之前必须学会的技能。

有一天，母亲把它带到一方池塘，那里是雉鸡饮水的地方。日落时分，雉鸡们出现了，周身披着玛瑙红和蓝宝石般的羽毛，光彩夺目。领头的是一只雄鸟，在白色的如稚童般闹腾不已的溪流边来回踱步。没过一会儿，头鸟发出尖锐的鸣叫，于是又来了两只雄鸟。约莫有十多只雌鸟紧随其后，全都披挂着一身黄铜和红褐色相间的璀璨外衣。

巴尼用自己的爪子轻柔地按了按幼崽的身体，幼崽立刻把肚皮压低贴着草丛，开始匍匐起来——它爬得非常缓慢，动作像蛇一样悄无声息。

与此同时，雄鸟们喝饱了水，便站起身来去保护正在喝水的雌鸟们。

忽然，一片干枯的树叶在暴暴脸的身下被压得发出了碎裂的响声。受惊的雉鸟们正准备飞到最近的树上，却只听一声可怕的咆哮响彻了云霄——虎妈妈的叫声收到了双倍的奇效。雉鸟们茫然无措,站在原地一动不动,而小虎崽则趁机扑到了头鸟的身上。唉,可惜这一下只抓住了雉鸟的尾巴。随着一阵翅膀的扑腾声,整群雉鸟都逃到了树丛上方。

雌虎缓缓地朝自己的乳儿走了过来。可它并没有出手教训它,而是把剩下的一整天都用来教它捕猎。一遍两遍三遍,幼崽把妈妈当做兔子,不懈地朝它扑过去——可每次都叫它躲了过去。就这样,它们一直练习到日落才算罢休。

第二章 训　练

作为动物，暴暴脸就跟人类的小孩一样，只有在经过教育后才能成为一头良兽。两个种群的后辈们在接受训练一事上的区别在于：老虎受训的时期只限于它出生后的十五个月，而人对其子嗣的教育却要花费经年。

对于进食的技巧，丛林里的虎崽跟人类豢养的小猫一样懵懂无知，点点滴滴都得由它们的母亲亲自教授。对于母老虎来说，一切都得从头开始：它得指点虎崽，告诉它猎物身上哪个地方最为柔弱。即便如此，小家伙也屡次因为咬羚羊时离羊蹄或羊角太近而弄伤了自己的嘴巴。

尽管暴暴脸不止一次地因为想拿鹿肉饱餐一顿时下错了嘴而让自己受了瘀伤，可它的母亲却对此无动于衷，并不去纠正它，因为只有受点疼才能长教训。雌虎明白，自己的榜样力量是很重要的。靠着对它的效仿，虎崽慢慢地形成了正确的习惯。渐渐地，它学会了瞄准猎物的肚子和咽喉。

学会正确的进食方法并不难,难的是搜寻猎物。任何人都能在短时间内学会饭桌礼仪,可却需要许多年才能学会挣得温饱的技巧。小家伙出生后十个月就得掌握捕猎的技巧。虎妈妈一次次地带着暴暴脸佯装攻击饮水地旁的猴子、鹿群、野蓝牛和蓝牛羚,目的是消除它的恐惧感。就这样,信心逐渐在它脑子里生了根。

生命最初的恐惧是蕴含着智慧的,遇到不熟悉的东西,恐惧就会教它躲起来。但是随着熟悉感的建立,幼崽攻击的欲望也变得强烈起来。在与蓝牛羚交过一次手后,它们开始转而攻击村庄里的牛。为了向它证明老虎是勇猛无匹的,母亲进行了一次模拟进攻。牛群里没有公牛;因为但凡有公牛,它必定会反击回来。而那次,一看到巴尼,所有的牛都开始争先恐后地往家跑去,受惊后的牛尾巴竖得直指天际。

在进行了好几次模拟进攻后,虎崽才摆脱了恐惧感。它之所以感到恐惧,是因为觉得自己个头太小。牛看起来高大威猛,眼睛大得像铜铃,矗立的牛角极具威胁性。而要说起它的终极恐惧,那却是来自大象:它们的身躯高耸入云,长长的鼻子左摇右晃。不仅如此,它的脚告诉它,只要有一头大象经过,地皮都会发起抖来。竟然连大地都撼得动!越是留心观察这些巨兽,它对它们的敬意就越深;而它们进出水里的那股轻松劲儿更让它坚定了对它们的敬畏之心。至于它们那把东西高举过头顶的能力,它又怎能与之抗衡?最后,母亲每每小心翼翼地回避它们的做法,愈发让它那"哈提[①]是动物界的威严王者"的想法根深蒂固。没人能够想象,在一只小奶虎的眼里,大象是以何等面目出现的。

---

① 大象被称为"哈提"或"头手兽"。

第二章 训 练

看到一整群"哈提"出现在林间,这让它感到自己暴露在大象的眼皮子底下,是的,暴露得一塌糊涂。而这正是它恐惧的根源。可是,一旦熟悉了大象的习性后,老虎们就不会再惧怕它了。但唯独有一种动物是很怕它们的:不是爬行类,不是鸟类,也不是人类,而是野猪。

又一天，暴暴脸被带到了这样一头角齿兽附近。它刚要发动攻击，后者就看到了这对老虎。虎妈妈咆哮起来，稳稳当当地站在那里。

那头足足高出它一倍的野猪过来了。它闭上了眼睛，全凭听力行事。大地被它压得震颤不已；它的獠牙像水晶一样闪闪发亮。

暴暴脸学着母亲的样子，准备迎接它的攻击。眼看角齿兽已经逼近了十几英尺以内，引得地皮一阵阵颤抖。可这摇晃的地面不仅没有让暴暴脸转身逃跑，反而激起了它那股无畏的愤怒。一阵奇怪的战栗传遍了它的身体，令这头小小的虎崽魔术般地变成了一头真正的雄虎。仿佛在猛然间被注入了新的勇气，它朝着自己的敌人扑了过去。它扑在了野猪的肩膀上，把自己的利爪和尖牙深深地刺进敌人那浓密而坚硬的鬃毛里。在一旁观望着局势的虎妈妈也跳了过来，向它施以援手。伴随着一声足以划破长空的怒吼，它扑到了角齿兽的后背上。

被这道疾如闪电却又重达两百磅的大猫撞到身上后，野猪打了个趔趄——但它并没有倒地，而是绕着圈子狂奔，并用鼻子嗅着地面。此时，两只老虎已经从它背上跳了下来。

当野猪做好准备，欲要再次发动袭击的时候，却被两头"条纹兽"先扑上了身……野猪死了，而它们俩却毫发无伤。

第三章　成长指南

在学着捕猎的同时，暴暴脸也被教着去征服它所在的环境。老虎不会生活在不受它统治的地方。它得对周遭的一切无惧无畏，如若不然，就索性再换一片森林待着。身为老虎，总得要确保陆地和水域都为它所役。不需花费太长时间，它们就能征服林野。不过，要确保与林地接壤的河流也臣服于它们，就得多花些时间了——为了达到这一目的，游泳就成了老虎们的必修课。

这种体验对暴暴脸来说痛苦异常。对小家伙来说，这是它最不乐意做的事了。可它的母亲不会因此而罢休——在发现所有的逼迫和体罚都只是雪上加霜后，在某天的日落时分，它终于将思虑已久的计划付诸了实施。它事先一个字也没透露，而是直接把暴暴脸带到了一条宽阔的小河边，那里的水深足以淹没小家伙的鼻子。

它们先是在那儿喝了些水，然后便开始休息。忽然，像是被某种不知名的力量推了一把似的，巴尼跳进了水里。水深及它的咽喉，可也就那样了。它自顾自朝河对岸游过去，中途一眼都没有往回看。上了岸，抖掉身上的水后，它便惬意地对儿子喵喵地叫起来。

暴暴脸目瞪口呆，身体都不会动了。它的尾巴先是颤抖不已，随即就变得跟木棒一样僵硬起来。那种对水和失去母亲的恐惧侵袭了它。就在这时，从它身后传来了不知什么动物响亮的喷鼻声。说时迟那时快，雌虎又快速地游了回来，一下子把它推进了河里，然后开始跟它一起蹚起水来。

这让它想起一件事，在它不满五周大的时候，它也曾被推进一条浅涧里清洗身体。那时，它打着滚，尖叫着，直到意识到它可以自个儿走回岸边去才停下来。在干燥的地上是多快活啊，这个它也记得。

眼下，尽管母亲一个劲儿地催它快往前走，它还是不自觉地用自己的爪子去触碰河床。河还没渡过四分之一，它又听到几声短促但响亮的喷鼻声。它们和回声一起，像箭一样击穿了水面，刺到了它身上。恐怖让它的步伐凌乱，滑了一跤。这里的水似乎太深了。它倒在河里，顺着河漂了下去，伸出水面的爪子还在竭力地挣扎着。

老虎摊开自己的爪子是为了给敌人以痛击。小虎崽此时也痛击着水面，反复多次。

可它惊讶地发现，小河并没被它给杀了，相反，它开始在里面游了起来。

它越是使劲痛打这流动的敌人，漂浮似乎就更为容易了。巴尼开始跟它肩并肩，陪着它一起向前游去。

第三章　成长指南

在终于爬上那遥远的彼岸后，它们回头望去，想知道方才那朝着小河而来的声音到底是什么。真是神了：那儿竟然站着一堵由象牙、象鼻子和象头组成的墙，那可是一整群大象！它们是例行来这里喝水的，刚才的动静是它们对所有猫科动物的怨憎之声。

游泳让小虎崽的自信又加强了。它找到主人的感觉了——不管是在水里还是在坚硬的地面上。

现在，女教练准备着手清除整片丛林里所有的危险猫犬科动物，比如花豹、狼、野狗和猎豹。仅凭一己之力，它就成功地将它们永远驱逐了出去。

暴暴脸把这些经验都一一吸收消化了。其中有件事它颇费了些时日才明白：如果任由其他的食肉兽在它的地盘闲晃，它们就将会吃光所有像牛那样的夯笨畜群，什么都不会给它留下。

第四章 旱 地

巴尼对它幼崽的教育还在继续。暴暴脸最后要练习的是动物们对小概率危险的感知。这类危险虽然发生的概率低,却跟近在眼前的敌人发起的攻击具有同样的破坏力。能威胁到老虎性命的小概率危险有哪些呢?火灾、洪水、旱灾和疾病都位列其中。身为老虎,对它们的了解是必需的。

二月结束后,这对老虎母子迁到了一处离人很近的地方。在印度的某些地区,这正是大迁移的时期。从三月的第一天开始,旱季便主宰了大地。

这个短暂的春天被一股热浪给终结了。初来时,春天在树苗、芦苇、竹子和草丛的根部崭露头角;随后,这些植物一片片地掉光了昙花一现的春叶。一夜之间,袭人的香气便像疾风骤雨一样降临在大地之上。那点残存的冬意在一个星期内就被清扫干净了。

像是报应似的,春天随着干旱的出现而夭折了。花朵如中毒般纷纷凋零,枝头的树叶变得灰败不堪。细腻如粉末般的灰尘在植物的种子和还没钻出头来的草木上盖了一层又一层,让它们得以在烈日下藏身。昨日在春天里的花团锦簇如今已经被掩藏在沾满了尘埃的罩衣之下。

在这样的危机之下,野生动物们只有两条路可走。有些动物钻进了丛林深处,那里老树的粗枝上还保留着些许尚未干涸殆尽

第四章 旱　地

的春意；而剩下的林兽们则逃往奔流着大河的地域，河的两岸就是人类生活的地方。

"文明追随河流而生。"印度的乡村星星点点地分布在它宽阔河流的两岸之间。自古以来，人和动物之间似乎就有一种相互理解。大旱几乎等同于饥荒，由此而生的共同恐惧感让他们彼此靠近。而在眼下的这个旱季，暴暴脸不仅接触到了人，还遇见了一头吃人的老虎。

这头食人虎约有十六岁，已经过了壮年了。它的肌肉已经无法支撑它长距离地追击任何野生动物了。可同时，凭它的力气，追捕起奶牛、水牛、绵羊和山羊这样的家畜来还是绰绰有余的。和它们相比，它的能耐还是高出一筹。毕竟它所有的肌肉纤维都饱经锻炼，而那些家畜却已习惯了节奏缓慢的生活。

有一天，它正在追杀一头母牛，却被养牛人挡了道。这老猫顿时怒火中烧，失去了理智，未加思索，便撵上那可怜的家伙，把他给杀了。对这个手无寸铁的两足动物轻而易举的胜利使得它深信，杀人是件易如反掌的事情。

随着旱情的形势越来越严峻，它变得愈发肆无忌惮，开始专以人为食。事实上，它还特意住了下来，专门攻击男人、女人和小孩。它有四条腿，人只有两条。它跑得比他们快——那些两条腿的跑起来根本比不上它的速度。

村民们逐渐意识到一件事：在下午四点以后出门非常危险。假使还有几个胆子大的敢犯险出门，如果让他们知道还另有两头老虎——暴暴脸和它的母亲——的存在，他们就该打退堂鼓了。

这对虎母子迂回地来到了与人类毗邻的地方；因为河的两岸

装点着草场、花园和小屋，所以它们想住在这大河附近。见过这三头老虎的农民们还以为它们是丈夫、妻子和儿子呢！他们憎恨这老杀手，这当然是事出有因，可连带着另外两头也一起恨上了，这就有些站不住脚了。

与此同时，食人虎也觉得，这两头大猫是来跟它抢这片处于它恐怖统治下的领地上的独门买卖的。

为了获得安全感，村民们来到自己焦干的田地里，敲起了鼓，吹响了喇叭，还点燃了火把。这些两足动物满心惶恐，团结了起来，一起面对这三头老虎给他们带来的威胁。面对如雷的鼓声和十几支摇曳的火炬，再勇猛的老虎也会落荒而逃。

幼小的暴暴脸深感困扰，可它母亲却浑若无事。它制定的纪律越发严明，决意调教出一头真正的老虎来。它的幼崽作为虎崽的日子必须得结束了。它定下的规矩必须被遵守。它坚持白天睡觉晚上捕猎的铁律。除此之外，它还拒绝了儿子提出的猎杀人类或家畜的请求。它命令暴暴脸只能捕食那些循着黄色的大河接近人类世界的野兽。追捕这些动物并不容易，因为作为杀手，它们少了高深的草丛来遮掩自己，也没有树叶婆娑的植物给它们提供庇身的角落。在月夜时分，平原上遍地燃烧着耀眼的金色光华。此时，即便最小的动物有所举动，也会被暴露无遗。

即便如此，这对虎母子也不屑于猎杀人或人所豢养的牛。唯独有一次，它们曾失手杀了一头奶牛。那次，牧牛的人们不知为什么落下了一头奶牛，而这蠢东西竟迷了路，误入了旷野深处。

约莫午夜时分，暴暴脸在河岸边看到了个被月光镀了层光环的状如水晶的东西。这情景让它深感敬畏，因为此前它从未见过在野地里徘徊的白色奶牛。对它而言，这是个神迹。受直觉驱使，它情不自禁地从这美丽幻影的身边偷偷溜了过去。可忽然，它的尾巴尖儿被什么东西碰了一下——那是它的监护者。它这是在对它说："攻击，要不然我就揍你了。"

它迟疑了。这时，又一次轻微的触碰给它的大脑传来了讯息："攻击，要不然……"

突然间，母牛站了起来，发出带着怒意的哼哼声。它摆好牛角，像道闪电般朝它看见的那四只如海水般碧蓝的眼睛冲了过去。暴暴脸有点害怕起来，不过这点情绪跟它母亲那威严的咕哝声相比就不值一提了。它被迫着往前扑了过去。月光下的空气灰蒙蒙的，像是黄玉石般色彩的绒毛形成的一阵雾。

它终于行动了！可是奶牛太强壮了，只摇晃了几下身体，就把暴暴脸从肩头甩了下来，让它头朝前地栽到了虎妈妈身边。可雌虎非常老到地躲到一边去，闪开了。随后，它朝奶牛扑了过去，但没有命中。显然，它的意图是让虎崽独力完成这件事。虎崽似乎也意识到了。它朝逃跑的猎物追了过去，像个深谙游戏规则的老手一样咆哮连连。

就在这时，那头牛蓦地看到了一个让它惊慌到一动不能动的东西。第三头老虎出现了，就站在远处。牛那股众所周知的愚蠢劲使得它走向了灭亡。它没有朝那头只是过来看一眼热闹的食人虎跳过去，而是停下思考了起来。还没等它决定好该怎么做，暴暴脸已经扑上了它的脖子。

虎妈妈观望着，但它瞧的不是自己的儿子，而是那头老老虎。它已经走了过来，想从这场杀戮中分一杯羹。

雌虎发出了一声警告的吼叫,冲了过去——银雨般的月光从它身上滴落下来,它的尖爪和利牙发起了致命的攻击。充满恨意的嗥叫在河岸不断响起,惊扰了宅院里人们的美梦。

那老伙计立刻就明白了,眼下要么后撤,要么死。这时,它看见又有一头老虎朝它走了过来。这是暴暴脸帮它母亲的忙来了。

第四章 旱 地

这让老伙计的自信摇摇欲坠,恰在此时,它身上又猛地挨了一下。疼痛难忍之下,它一头冲进了丛林里。

这场战斗最终导致了食人虎被人虏获的结局。不过,事情的原委我们还得慢慢道来。

到了次日,这头老老虎才发现自己已是遍体鳞伤,其中更有一处伤口血流不止,它得设法给自己疗伤才行。于是它开始找些药草吃——可想找到它们谈何容易。除此之外,它还得吃些盐。通常,食肉兽所需的盐分是从它们猎物的血肉里获得的,可眼下它已经没有力气去抓这么个牺牲品了。它唯一能做的就只能是舔舔河边的泥巴,因为里面的沉积物含有盐分。一连好几天,它都只能吃些泥巴和药草。也正因为如此,它没法走得太快,走得太远。

只要看一眼印度地图,人们就会知道,恒河是在孟加拉省汇入大海的,那里盛产孟加拉虎——那里的水域里挤挤攘攘的全是鳄鱼,陆地的延长线上住满了老虎。圣河在此分支为无数泥红色的细流。尽管蟒蛇在此极为罕见,但在八月的雨季里,从北方而来的洪水会把喜马拉雅山的蟒蛇冲刷下来,一路远送到丛林里的舔盐地①里。老虎一旦来到这种地方就不会轻易离开,因为会有不计其数的草食动物会来到这片狭长地带来舔食盐分,好预防水肿之类的疾病。因此,经过文明洗礼的人们后来发现,追踪食人虎其实挺简单的。他们在树上稍加观察,对它的健康状况就一目了然了。人类工于心计,毕竟胜出动物天生的智慧一筹。他们挖了个深十英尺、宽十英尺的坑,用竹子和甘美多汁的嫩枝覆盖其

---

① 森林里动物补充盐分的地方。

上。为了更好地伪装，他们还用一条长绳拴了十几只公鸡在上面，又藏了个人在树上往下撒米，让这些公鸡在打鸣之余啄米吃。为了给自己和树下的那些诱饵们提供粮食供给，这人还搭了个不小的架子用来存放粮袋子。在树上藏好了后，从他的角度看过去，丛林地上众多动物的举动就可以尽收眼底了。

在一连吃了几天的咸泥和青草以后，食人虎已是饥肠辘辘。它得吃点符合自己身份的真东西了。直觉告诉它，该回到村里去捕点儿食物了。对于精疲力竭的它来说，这是件难事。它饿得越发厉害了；踏出的每一步都像是死前的最后一步。

那天早上，十一点左右，它恰好从那个陷阱旁经过——听见了一声鸡鸣声。它立刻意识到，这是只农家院子里的家禽。这让它错以为自己已经离村庄很近了。于是，它尽力加快了朝着那声音的方向赶过去的步伐。如今的它已经没法走得太快了。

在这个节骨眼上，它又好几次听到公鸡打鸣。耳朵告诉它，这些家禽已经近在咫尺了。它费力地往前挪着步子，没多久就站到了陷阱边上——在热带的烈日引起的白色热霾中，身披黄红彩衣的公鸡看起来就像是野地里的丘鹬。这充盈在大猫和家禽之间的色彩充满了欺骗性。也是因为如此，它心里有个声音在提醒它：此地不宜久留。

这时，从树梢之间落下一根细枝来，砸到一只鸡的身上——惹得它直扑扇翅膀；接着就疼得咯咯叫了起来。食人虎心想，这下所有的鸟都要飞走了。它太饿了，不能眼看着这事儿发生。于是它朝这伙长羽毛的家伙冲了过来。然后，就像梦中惊醒一般，它坠了下去——一直一直一直地坠了下去……

第四章 旱 地

蓦地,它到了陷阱的底部。尽管公鸡们也跟着一起掉了下来,它却已经不想再吃了。这场灭顶之灾让它胃口尽失。

它在陷阱里躺了三天。村民们并没有杀死它,而是把它装进了一口铁笼子里,带给了最近的动物商贩。把它卖了以后,村民们就带着所得的钱回家了。随后,这笔收益就被那些被食人虎杀了牛的人家给平分了。

第五章　人的胜利

村民们把老老虎关进笼子以后,都松了一口气。后者似乎也有些释然了,因为事实是它不用再操心捕猎的事,每天都能吃上一顿饭了——有时它也会想念丛林里的家,并试着从笼子里出去,但发现这不过是徒劳后,它也就接受了这被囚禁的命运了。

与此同时,在母亲的帮助下,暴暴脸开始研究起人的习性来。日日夜夜,它都在好奇地琢磨着人这种东西,还就此形成了些自己的看法,然后讲给母亲听,由它来作裁定。

有一天,在日落后吃掉了一头野猪后,它对母亲说:"人的胆子不大。"

这头年长的大猫把自己的爪子舔干净,然后评论道:"那也不能麻痹大意。我听说他们会假装躲避猫科动物的样子,只为了从树上抛下火把来,一把把它们全部烧死。人是很危险的。"

"那什么时候最危险,妈妈?"

老猫的眼里顿时充满了恐惧,继而评道:"别靠近骑在大象背

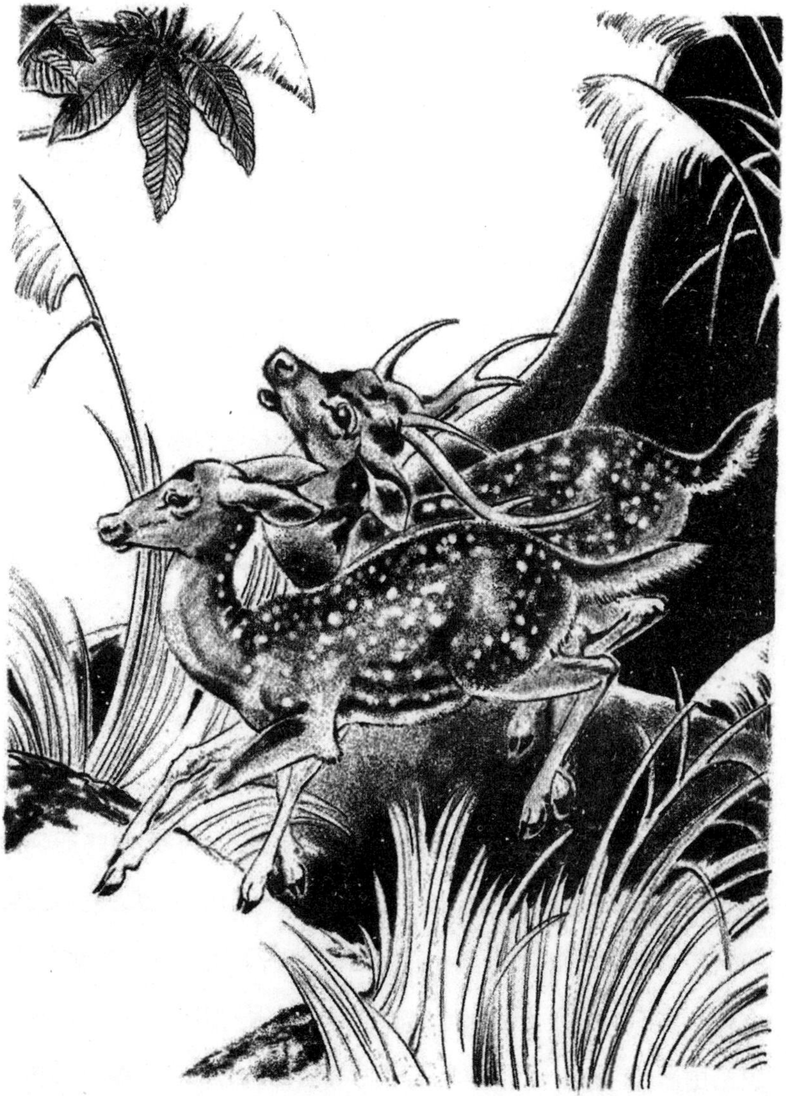

上的人。他如果在象背上抛出火把,那是百发百中的。

"为什么大象会蠢到任人乘骑呢?

"这些厚皮的家伙是吃素的,就像牛马一样,会臣服于人。

"把你和骑在象背上的人之间发生的故事告诉我,妈妈。"

"那是很久以前的事了,你的祖父就是这么被杀的。你知道,所有的公虎都憎恨自己的儿子,跟它们的女儿却能如常地嬉戏。那时我还不满一岁,正和它在森林里玩耍,忽然听到了大象们的动静。那是一群野象。它们用自己的长鼻子低声说:'有人!'然后就悄无声息地跑远了。接着又来了两头黑豹;它们也是步履轻盈地跑掉了。跟在它们身后的是一群水牛,中间还夹着些成群结伙的鹿。猴子们尖叫着在树丛里奔逃。长尾鹦鹉、鸽子和孔雀高鸣着飞走了。老虎、猎豹、花豹,动物们阵容齐备,全都轻手轻脚地跑了过去。我们察觉到了它们的慌乱。我父亲在后面用鼻子碰了我一下,我们便跑了起来。我们一路跃过溪流、荆棘丛、蛇穴和蝎子窝。所过之地,动物们无不被我们的恐惧感染,纷纷躲了起来。有些猴子害怕不已,也从树上跳了下来,加入了树下的大军。

"来到了一处长满了茂草的开阔地带后,我们那咚咚的奔跑声立刻被草丛吞没了。这时,我们撞见了驯服的家象,它们的脖子上还骑着人。象和人在我们面前居高临下地站着,如此突然,令人大惑不解!在我们和远处的丛林之间是一片空地,已经被人象给围满了。鹿、水牛和其他动物都能在人的默许下毫发无伤地跑过去。可我们呢?只要一出现在他们的视线里,就一定会有火落在我们中一员的身上,要了它的命……

第五章 人的胜利

"你的祖父说:'跟着我。我去吓吓人,你趁他害怕的时候赶紧跑到对面的那片丛林里去。'

"我们老虎从不吵嘴。我乖乖地照它的话做了。它朝领头的大象冲了过去。转眼之间,它几乎已经扑上了象的脖子。见到这一幕,其他的所有大象都叫了起来,彼此分散了。我没有停下来观望,而是从它们身边冲了过去,直奔丛林。在我身后,还能听到子弹嗖嗖作响的声音。"

一阵黯然的沉默后,虎妈妈望向夜空,萤火虫闪闪发光,点缀其间。暴暴脸开口问道:"你的父亲发生了什么事?"

"我再也没见过它了。"

第六章 人的弱点

机缘巧合之下，暴暴脸发现了人最大的弱点。有一天，一头被拴起来的大象——被拴在树上——和一群樵夫看见了它。那群人立刻爬到哈提身上避难。通常，后者会带着它们进入丛林，在一天结束之后，又会载着木头和其中的一部分人回到他们的村子里去。这场面让暴暴脸起了好奇心。为了方便自己远远地研究一番，它只能借着掩护前行。看，那头大象竟然一动不动，原来是人们忘了断开系在它身上的绳子了。夜幕降临，看到老虎跑去猎食了，人们才趁机把自己的坐骑放开了，骑着它回到了文明世界。

它第二次看见人是在饮水的地方。在大旱时，对水的渴求使得丛林里的野生动物和村子里家养的动物都来到同一条河边，因为它还没有完全干涸。由于大家都急切地需要这条河，自然而然地，所有的猎捕行为都仿佛是得到了一致同意般地中止了。动物们不会举行集会来制定什么律法。只要是众心所向的事，它们都会本能地认同，并予以实施。从三月到五月，在这条河附近都没

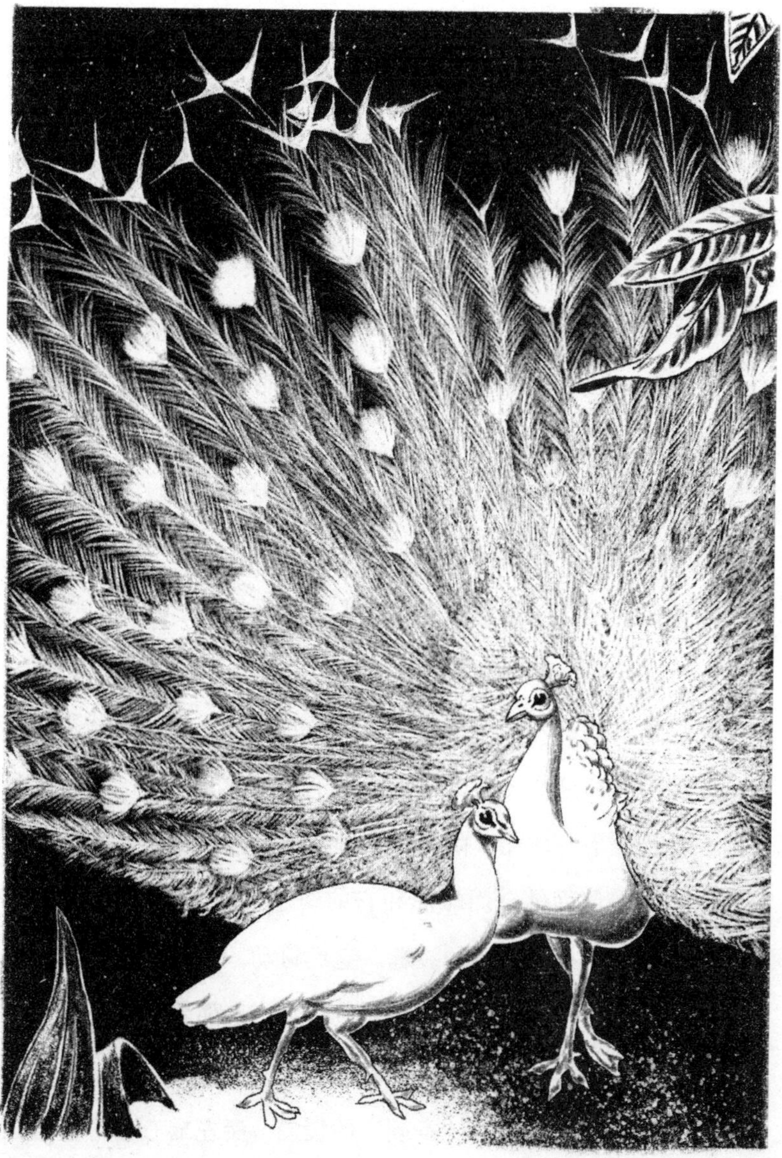

发生捕食行为。

羚羊能安安心心地在离条纹大猫不足二十码的地方喝水，而不必感到心惊肉跳。双方都谨遵着丛林的法典……但是，当暴暴脸忽然出现在用牛皮水袋灌水的人们身边时，他们慌得把东西全扔下了，跑到了对岸去，满地乱转，又围成圈，发出阵阵高吼。暴暴脸担心他们会干出什么坏事来，便径直走开去找巴尼。而巴尼用虎语告诉自己的儿子，所有绕圈走的动物都是怕到了骨子里。"正因为这样，所有的老虎都会本能地避免令同族受到惊吓。"

有一天，巴尼在路上撞见了一条眼镜蛇。由于它的小家伙正跟在身后，为了避免吓到儿子，它不准备后退。可是若往前走，那就意味着死亡。它耷拉着头站了一会儿，然后猛地摇了摇尾巴。这是在对后面的儿子说："站我旁边来，照我的做。"

眼镜蛇挺立着面对着雌虎，蛇头比虎头的位置低了一些。此时，它还没看见躲在雌虎身后的暴暴脸。

这场景真值得入画——在一棵无叶的树投下的阴影里，在青铜色的芦苇丛和草地之间，出现了一个乌木状的东西，每一秒都比前一秒长出了一截儿。阳光在它缠绕的身体上戏耍，尘土的轻霾为它笼上一层面纱；而雌虎和它的幼崽看起来就像褐色岩石，上面还嵌着一条条墨玉般的裂缝。它们每动一下，琥珀色的尘土就会飞扬起来。领头的老虎的身体蜷伏着，追随着敌人眼睛所在的位置，时而压低，时而升高。这是场眼对眼的战斗。

这种把头耷拉着随着"毒刺"的缓慢节奏左摇右晃的事情让巴尼烦不胜烦，可除此之外又没有什么其他安全的法子了。它必须得让自己的眼睛始终比它敌人的眼睛高出一寸。如果后者胆敢

第六章 人的弱点

嘶嘶，它就会报以怒哮。幸亏它们之间的距离还不足向对方发动攻击。不过它们也都不愿意靠近对方就是了。

仿佛脑袋上挨了一闷棍似的，巴尼竟开始犯困了，前所未有的深沉睡意向它袭了过来。那种盘旋在它鼻端以下的冰山般的凝视几乎把它给催眠了。蛇的这种催眠并非有意为之。只不过，只要聚精会神地与蛇对视，在所有动物身上都会产生这种奇异的效果。巴尼虽然有些绝望，但还不至于一筹莫展。它强迫自己用尾巴用力地抽打着地面。这是在对虎崽发信号，让它走上前来站在它旁边。收到信号的虎崽走上前来，把头抬得高高的。此时，它站的地方比它母亲要高一些。

一下子有四只老虎眼睛出现在视线里，蛇顿时感到头晕目眩。它努力地把头扬得更高，而这就改变了它视线的角度——催眠的效应立刻就荡然无存了。这也让雌虎灵光一现。它往后退了几步，并让暴暴脸也跟着它这么做。

这一举动对它们的猎人产生了种怪异的影响。这位"爬行杀手"的身体竟然抽搐了起来。与这两双冷酷的黄玉色的眼睛对视让它柔软的脊柱疲惫不堪。它再也没法让身体保持直立了。战败的蛇羞愧不已，缓缓地低下了自己的头，展开了盘绕着的身体。它喘息未定，保持着警戒，准备一受到攻击就往死里咬过去。只是两头大猫没有采取任何行动。发觉这两位无意撤退后，眼镜蛇便悄然溜出了它们的视线。

第七章　徒劳无功的猎捕

旱灾已经到了最后的阶段。就连最为狂野的动物也开始靠近人类寻求栖身之所。住在森林深处后知后觉的那些水牛也偷偷地朝大河靠了过来。

一天晚上，出现了一头吃草的黑水牛。那个夜晚漆黑一片——而牛似乎和周围的空气融为了一体。它的鼻口时不时地碰到干草，发出小串珠在绳子上来回滑动的声音——巴尼有些迟疑。暴暴脸率先发起了攻击，把所有学到的标准动作都来了一遍，围着自己的猎物绕起了圈。饿坏了的水牛只顾着吃草，鼻子都快触到地面了。空中的尘土妨碍了它，让它无法嗅到老虎的气味。尽管杀手已经靠近了，并缩小了绕击它的圈子，可它的鼻子还是没有探知到任何危险。就这样，这头吃草的动物没有作出任何让暴暴脸仓皇失措的反应。

接下来要做的事就是蜷伏了：它把身体压得靠近地面，向猎物身后逼近。它非常谨慎，选择了在下风处行动。很快，它已经

第七章 徒劳无功的猎捕

准备就绪，只要一跃出去，就能扑到水牛的脖子上了。突然，有样东西在它的爪子下面爆炸了。那是一片干枯的树叶裂开的声音。水牛转过身来，压低了自己的脑袋。它的尾巴笔直地竖了起来，直指天际。它的双眼燃着鲜红的焰火。

在附近的暗处躲着的雌虎目睹了这一切，但并没有上前干涉。只要走错一步，它就可能失去自己的孩子。但它仍然决定保持自己的缄默。它观察着事态，身体像根柳条般紧张地蜷紧。水牛发出一声怒吼，朝前冲了过来。暴暴脸则给出了所有雄性在面对挑战时应有的反应。它咆哮了起来："咕——哝——！"此时，水牛也离它越来越近了。

小老虎像个斗牛士般跳到了一边去，长角的这位已经预料到了这一幕的发生。它用闪电般的速度画了一个小圈，然后再次朝前方那对绿色的眼睛冲了过去。暴暴脸又躲开了，可惜迟了一点，它的左臀被一只牛角给划伤了。只是，随之而来的疼痛反倒让它多生出了几分应对危机的急智。它没有玩什么小聪明，而是紧追在公牛身后，公牛跑到哪儿它就跟到哪儿。它奔跑着，稳稳当当地与牛屁股保持着近距离。

由于不能和自己的追捕者面对面，水牛焦虑不已。它摆脱不了它的追踪，也没法透过一片尘土看清它的样子。后来，它以为自己已经甩掉了在那片尘土的屏障后的敌人，于是径直跑进了村子里。

被哒哒的牛蹄声惊起的狗吠了起来，吵醒了它们的主人们。从窗户里亮起的灯光刺痛了水牛的眼睛，让它胆战心惊。慌乱之下，它觉得自己已经被老虎、人和狗重重包围了。尽管被迫着在一片尘霾中行动,但它的鼻子却没有因此而变得迟钝,还是能嗅出一条路来,找到安全的地方。

在这个包围圈里,仍有一处闻不到任何恶兽的气味,似乎没有什么危险。它得慢下步子来,好确定自己的方位。忽然,有东西在它前面闪了出来,让它惊骇万分。只见一双绿莹莹的眼睛正透过被一阵慵懒的风刮起的尘土盯着它。它立刻把脖子转过去,朝后面飞快地看了一眼,那里又有一双绿宝石般的眼睛朝它逼了过来。四下里鸦雀无声,狗吠声也停了下来。唯有静寂和死亡在前面等着它。

它忽然恼了起来,不管不顾地朝身后像死亡幽灵的影子冲了过去。一片尘雾升了起来,遮挡了它的视线,至少其中的一头老虎它是再看不见了。水牛狂怒地埋头往前猛冲。它的冲击如此迅捷,让暴暴脸那对绿宝石般的眼睛里充满了惊奇。公牛的奔突惹起的灰尘似乎燃烧了起来,饱含着威胁的意味。但暴暴脸并没有畏缩逃跑,而是朝公牛的脖子扑了过去……扑空了。只这一眨眼的工夫,后者就逃进了干燥的丛林里,化险为夷了。

第八章　老虎的死地

那一夜，巴尼和暴暴脸一丁点儿的食物都没有找到。眼看就要日出了，它们决定回到丛林深处避避热，因为骄阳似乎让每一处空地都火烧火燎般地炎热。它们越往前走，阴凉就越盛。众多的树木尽管已经几乎掉光了叶子，可伸展的枝干却彼此穿插交织，形成了一张厚网。阳光从此透过，只能投下稀稀落落的几缕那热得要人命的锋芒。

现在的森林似乎比它们过去体验过的任何东西都更为致命。这里荒凉幽僻，再没有任何动物来滋扰。一切都被如铅般沉重的寂静压得死死的。它们漫步而行，却连一只猎物也没有碰到。尽管如此，两头老虎还是继续往前走着，这多少是因为受到了这片阴凉的诱惑。它们小心翼翼地踏着步子，爪垫不曾踩裂一片枯叶，连半枯的草叶也不曾发出一点沙沙声。它们经过的道路连尘土也没有扬起半点儿。可从始至终，它们都没有发现任何生命存在的迹象。

最后，它们到了一处所在。在这儿，没有一丝阳光穿透进那些早已被干旱剥蚀了的粗枝，唯有焦干的藤蔓装点着树木的枝干。没有一段坠落的枝丫来打扰这片地方的宁静。暴暴脸不敢开口提什么建议，母亲走到哪里，它就跟到哪里，偶尔也会赶上来跟它并肩走上一段路。尽管母亲没有用目光与它对话，可当它凝望过来时，却透着胸有成竹的意味——它的目光一掠即过，却始终沉默不语。

雌虎的直觉已经让它知道了这是块什么地方；也同样是直觉，牵引着它走进这片了无生气的故地深处，它们所经之处都是一片寂寥，没有蝎子蛰居其中，没有蜘蛛在死亡的蛛网上舒展它毛茸茸的腿，没有昆虫爬上爬下，没有苍蝇嗡嗡作声。有的只是寂静……可这片寂静却被两只猫科动物给打破了，尽管它们怕的就是这个。静寂，这更为柔和的静寂，似乎束缚住了它们的腿脚。它们身上的每一块肌肉、每一丝肌腱都感受到了这荒凉的流毒——在这片土地上逝去的生命让它们心神不宁，只感到死亡逼近了自己，近得触手可及。

突然，雌虎停了下来，轻柔地喵喵叫了起来。暴暴脸也停了下来，四处张望着……它们踩到了几根骨头。虎妈妈喵喵地叫了两次，三次……受到它叫声的指引，小老虎朝前面望过去，竟看到了一具骷髅。难道这里是老虎们的葬身之地么？

在大旱期间，几只路经此地的老虎感到精疲力竭，于是躺了下来，却从此一觉不起。骨头还是新鲜的。有什么动物会以它们的肉为食呢？那便是空中的秃鹰了。

两只老虎悄然离开了这个地方。这种直面死亡的经历让它们所有的欲望都被消除殆尽了，连饥饿都已无法感觉得到。

这一晚，它们又是什么也没有捕到。尽管它们已经粒米未进地走了很长一段路，尽管它们在夜晚时分也都保持着清醒的神志，在这个夜晚，它们俩却像小猫一样沉沉地睡了过去。睡神把它们积攒在头脑中的所有那死亡圣殿的画面抹除了大半。这是大自然用来安抚紧张情绪的方法，而只有动物和野人才是深谙这种疗法之道的大师。

第九章　大　火

　　旱灾在一片熊熊林火中结束了。火是因树木摩擦而起的。在风中，干枯的树枝相互摩擦，使得它们都冒起了烟。火花又从树枝上掉落下来，烧着了干枯的灌木丛。

　　在火势蔓延开来之前，水牛已经嗅到它的气味，它们把消息传递给了猴子，而后者尖叫着把消息传给了长尾小鹦鹉、野马、雉鸡、鸢、猫头鹰和乌鸦们。

　　鸣禽们，不管是四喜（画眉鸟）、雨鸟（夜莺）还是咕咕叫的鸽子，都飞到了最高空，吓得连一声尖叫都不敢发出来。

　　一群飞过的孔雀是村民们得到的头一个预示着危险的信号。一阵暴风裹挟着青色和黄色的砂石咚咚地砸在屋顶上。一大群白色的孔雀带着一群披着红褐色羽毛的雉鸡落在芒果园和巨大的菩提树丛里，那是仅存的绿色了。

　　而蓝牛羚、羚羊和大象这样的四足动物则绕着村庄而行，消失在印度炽热的平原上。

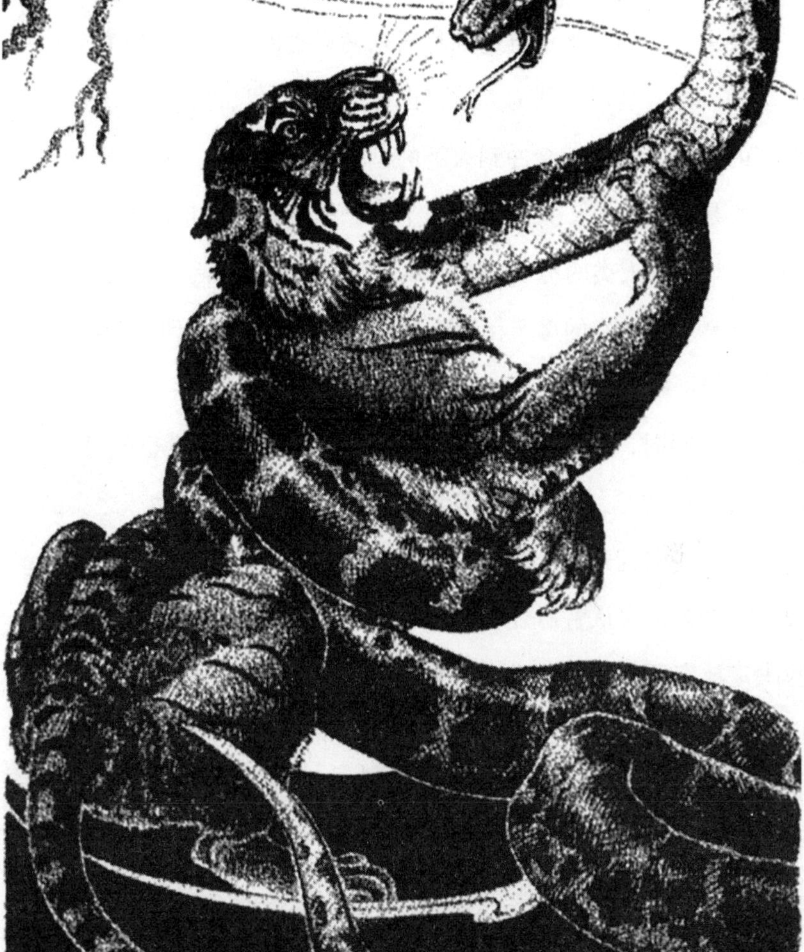

现在，什么动物都不怕人了；对火的恐惧更甚，让它们忘了对人类那稍逊一筹的恐惧。

丛林深处又出事了。暴暴脸和它的母亲被一道烟幕与旷野隔绝开了。尽管在身后就是绵延不绝的森林，可它们却叫眼前的火光给乱了心神。眼下，它们只有一个愿望，就是突破重围，逃到旷野中去。它们几乎没有逃到身后森林里去的想法。和所有其他的动物一样，老虎们认为人是可以征服火的，只要看到一丁点儿火苗的迹象，它们就会冲到人类的世界里去。显然，在动物们看来，人是火的主人，火就是他们生的。毕竟好几百年以来，它们都看到烟雾从人类的房子里喷出来，飘到遥远的天际里去。

暴暴脸带着它的母亲在烟幕下寻遍了各处，想找到一个豁口，或许它们可以从那里逃进耕地里去。

与此同时，村民们把他们所有的财物都搬到了役畜的身上，让它们驮着去了大河岸边。等到确保了自己的家人和动产之类的安全后，他们就开始抢救村子里和野地里的东西，以免被林火吞没。没多久，火从背后烧了起来——面对席卷而来的背火，暴暴脸决定放弃所有朝村庄进发的努力。丛林正举着燃烧的火把朝它们袭来。在这个节骨眼上，雌虎开始领路了。它开始朝着身后的腹地出发，巧妙地避开了那片死亡的土地。它们一连走了几个小时，却连一只哪怕是最小的动物也没有遇到。所有的兽类都已经离开了着火的森林。

现在，在经过数里地的跋涉后，它们来到了一条宽阔河流的浅水河床，这标志着一片丛林到了尽头，而另一片丛林从此开始了。它们从河中间走了过去，来到位于高地的那一侧河岸庇身。

第九章 大 火

那里的河水大约两跨距深,如野猪的獠牙般白森森的。它们先喝了点水,然后就在清凉而静谧的河道里躺卧了下来。

身上的"保护色"向着了火的丛林和远处的树林隐藏了它们的踪迹。从前者的边缘地带望过来,它们看起来就像褐紫色的沙

子；而对于附近树林里的动物们来说，它们看起来就像是一堆黑泥和枯萎的芦苇。直觉告诉这对虎母子，它们安全了。筋疲力尽的身体被水轻柔地安抚着，它们感到一阵倦怠。它们背对背地蜷伏着，用爪子把鼻口掩了起来。河流水位很低，连它们的下巴都淹不到。

约莫半个小时以后，雌虎听到有什么东西掉在了头顶的岸上。它的脑子里沉默地揣测着，花了很长时间才确信什么事儿都没有。当它准备再次入睡时，忽然感到有一股又粗又长的"水柱"沿着堤岸滑了下来。是动物。竟然是一条巨蟒！巨蟒并没有缠住它，而是朝它沉睡中的儿子爬去，此时距它已经只有几码了。

这时，暴暴脸被越过头顶的一阵像尖啸的闪电般的哼声惊醒了……它睁开眼睛，看到了一条蛇，长极了，粗极了，正在向它逼近……这时，雌虎以比闪电还要迅捷的速度落在了它们之间。而在下一刻，已经分辨不清哪个是虎，哪个是蛇了。雌虎咆哮着，咕哝着，激斗着，直至最后用它的爪子把蟒蛇撕成了条条缕缕的丝带。

这下，它们终于能给自己那饥肠辘辘的身体喂点儿吃的了。

怎么会出现这么大一条蛇呢？这在那时令人不解，到今时仍是个谜。因为这种蛇在印度的大部分地区并不常见。它们通常只生活在丛林的最深处，而那里连猫科动物也不常去。

根据当前的情况，我们无法推测它是来喝水的还是来害人的。也许，它是在舒展盘绕着的身体时从树上掉到了高岸上，发现下面竟有两只老虎，于是便受了惊。

第十章 降 雨

这就是野生老虎的生活，觅不到食就没吃的。为了追寻猎物，它们有时候得在酷热下连行好几天的路。在寻常的日子里，捕猎和进食是它们每晚例行的事；但如果遇到干旱或洪灾，它们即使不吃东西也不会觉得饥饿，直到远离危险区为止。动物们只有先有了安全感，才会生出饥渴感。

那场大火吞没了好几片森林。在那之后，跟着下了一场大暴雨。热带地区的天气总是显得很极端。巴尼和暴暴脸开始启程回家，回到那片它们熟悉的林丛里。从天而降的雨水让这次行程变得非常轻松，因为它们感到分外凉爽，就连雨落下的声音听起来都是那么清凉。

一开始，雨滴如鼓点般密集。随后，雨势小了些，像是一个个的圆玻璃罩撞碎在片叶不剩的丛树之上；若是落到了干枯的叶片上，雨滴便如断了线的小珠一般切切嘈嘈。可要论最悦耳的声音，还得数从河床上传来的动静……飞散的雨滴全都没进了沙子里。

雨刚落下,大地上就燃起了一片跃跃的绿意。植物既然已回黄转绿,原本以它们为食的动物们也就都回来了。这一下,所有猫科动物们吃饭的问题就全解决了,因为捕猎变得容易了。我们的朋友每两晚就能弄到一头麂、黑鹿(印度麋鹿)或蓝牛羚。日子重又变得可以忍受了。不出几个星期,森林就又变成了一片生机勃勃的绿色海洋。

为了赢得配偶,有些物种的雄性必须宣战。为了赢得自己的所爱,殊死的搏斗在爱与死亡之间进行着。这两位名角,爱与死亡,重又扮演起了它们亘古不变的宿敌的角色。公牛的怒吼,老虎的咆哮,鹰的尖唳,长尾小鹦鹉断断续续的鸣叫声,声声尖锐刺耳,充斥在空中。一度消隐的溪流重又恢复了生机,那似乎已经干涸了的泉眼中又冒出了汹涌的水流。在天空重归清朗后,水流的汩汩声便在丛林之间不断地回响。

假如我们是动物,便会发现每个孩子都会被赋予关于声音的知识。分辨响动和气味的科学被授予了眼力欠佳的大象们,而区别伴随声音的景象和阴影的技能则被教给了猫科动物。在受训的过程中,暴暴脸就掌握了不少其中的奥妙。即便是一片树叶落地的声音,也必须明辨。它能通过叶片落在地上的声音判断出叶子是干枯还是饱含水分的。假如有蟒蛇滑到距它几码之内的地方,也必然能为它所察觉。不管是黑豹还是大个头的猴子,只要在它头顶的树上有所动作,它都能立刻辨个一清二楚——至于大象、野猪或野牛群,更是远远地就能识别出来,因为地皮会在它们的践踏下震颤不已。以它的能耐,就算是有鹅群飞过,它猜测起来

第十章 降 雨

也是轻而易举。

尽管如此，它还是会受到昆虫、风、草和树苗的烦扰。别看它能推断出逼近咫尺之内的是否是一头怒意勃发的豪猪，可若是让它在落叶松林里的风声和缓步而行的黑豹二者间进行区分，它还是拿不太准。耳朵所掌握的证据还得再用双眼来验证才行。不过，很快它就掌握了这个本领，施行起来也能准确无误了。

第十一章 虎崽成龄了

没过多久，暴暴脸就迎来了生命中最难过的一个坎。一头十岁左右的老虎出现在了它们母子面前，它身体的柔韧度和活力看起来都是巅峰状态。母亲与这位不速之客会见的方式让儿子明白了一件事：它得离开母亲，让它们两个结婚。同时，一种来自血脉里的神秘召唤也在示意它：它也得开始寻找属于自己的雌虎了。于是，它就立刻离开了。

母亲巴尼后来四处寻找它，可怎么也找不到了。而且，它的本能让它清楚，儿子做的事没错。雄性猫科动物彼此相互厌恶，因此，暴暴脸在离开母亲时，也非常谨慎地避免让自己撞到新来的老虎；为此，它出走时蹑手蹑脚的，并密切注视着周围的动静。

离开母亲两天以后，它已是饥肠辘辘，非得自己捕猎不可了。它的身体不由得发起抖来。它真是孤零零的一个了，无依无靠，得独力寻找并杀掉猎物了，可该怎么做呢？这是一片生满了茂草和密叶的森林，一只动物都看不见，想要捕猎谈何容易。何况，

第十一章 虎崽成龄了

它的嗅觉可不如它的猎物那般灵敏。猫科动物的鼻子向来不是很灵光。它几乎全得倚仗自己的眼睛了，可眼下，这双眼睛却被身边的植物给遮挡住了。

它一整天都在徒劳地打着转。想找到头牡鹿吧，没什么用不说，还让它乏烦不已。到了日落时分，它来到了一处山沟里，喝了点冒着热气、映照着夕阳的水。夜晚悄无声息地来到了丛林里。一头来这里喝水的野猪看见了它，立刻咕哝着朝它冲了过来，那声音在它听来简直是震耳欲聋。它看见野猪那白森森的獠牙在一片幽暗中闪着寒光，而且片刻之后就可能插进自己的咽喉里。它嫌恶地低吼了一声，一跃而起。这样，敌人便从它身下掠了过去。眼前，一道低矮的树枝挡住了它的去路。它没有驱赶野猪，而是跳到了它的背上，对它又抓又咬。

但这只是浪费时间而已，因为它被敌人甩了下来。可这头野猪相当愚蠢，不但没有逃回家去，反而又朝它冲了过来。但在老虎的眼睛里，它看到了死亡。在黑漆漆的夜色中，这双眼睛的瞳仁外圈赤红，而中间则燃着绿莹莹的光。这时，暴暴脸从野猪的獠牙下方发起攻击，正中了野猪的鼻子，让它栽到了地上。就像一只面对着麻雀的老鹰一样，它一口咬进了野猪的胸腔。

第十二章 配　偶

　　对许多老虎来说，婚姻是一段终身的关系，而且得要跟一两头雄虎决斗一番后才能求得。由于年轻的雌虎身边总是不乏追求者，所以，在雌虎允诺婚姻之前，作为准丈夫的雄虎自然就得低声下气一些。

　　在离开母亲之前，暴暴脸从未幻想过婚姻。事实上，有不少动物甚至从未正儿八经地考虑过它。对于我们的这头老虎来说，它想要一位雌性来当它的母亲，因为如果少了它，它就会感到孤独。思想是经验的先驱。没过几天，它就遇到了一头跟它年纪相仿的雌虎。那天的太阳像嵌着宝石红辐条的钻石车轮——当它在森林里升起时，碧草上还挂着晶莹的露珠，鲜红和金黄的野花竞相绽放。

　　那头雌虎刚刚清洗完并弄干自己的身体，它身上所有猎杀和狼吞虎咽的痕迹都被清除了。溪水上映着它的倒影，它体形完美，身姿曼妙。它周身是一片茂密的高草和树苗，如一道紫罗兰色的

第十二章 配　偶

薄雾。透过这层薄雾望过去，它看起来是如此真实，又是如此虚幻。

因此，暴暴脸在毫无心理准备的情况下撞到了它身上。雌虎用自己的爪子挖着地，准备发动攻击。而暴暴脸也在做着同样的事。是它的眼睛率先告诉它：这是头雌性。接着，它的耳朵又听到了一阵喵喵声。它用沉默作为对雌虎的回答，并蜷伏下身子，喝起它的水来。这时，它忽然产生了一种自我表现的欲望。于是，它很快地在水边躺了下来，然后舔起自己的身体来。洗完澡后，它抬头望去，哪里还有雌虎的影子！

但从那一刻开始，雌虎的目光日夜都没有再离开过它了。尽管暴暴脸没能再找到它，可暴暴脸却从未停止过跟随它的步伐。由于它走起路来步履轻盈，暴暴脸给它起了个名字叫"小跳儿"。早在暴暴脸做决定之前，小跳儿就已暗自决定要与它结婚了。随着它的日益靠近，暴暴脸也清楚地意识到它必须把它当做配偶来看待了。动物们在这种事上都是雷厉风行：暴暴脸变成了小跳儿的挚友，以及保护者。

在大伙儿看见它们俩在一起后没多久的一天中午，有一头年轻的雄虎不知道从哪里冒了出来，莫名咆哮不已。暴暴脸本能地意识到这是个情敌，现在是必须为自己的配偶一战的时候了。小跳儿刚回避到十几英尺开外，战斗就已经开始了。

这既不是猫科与牛科之间的搏斗，也不是黑豹与蟒蛇之间的战争。这是两头老虎之间的配偶之争。这片丛林还从未见过比这更为残酷或险恶的战斗。这些长着条纹的猛兽发出的咆哮让喋喋不休的猴子和鸟都安静了下来。太阳像沉水的铅球一般落了山。

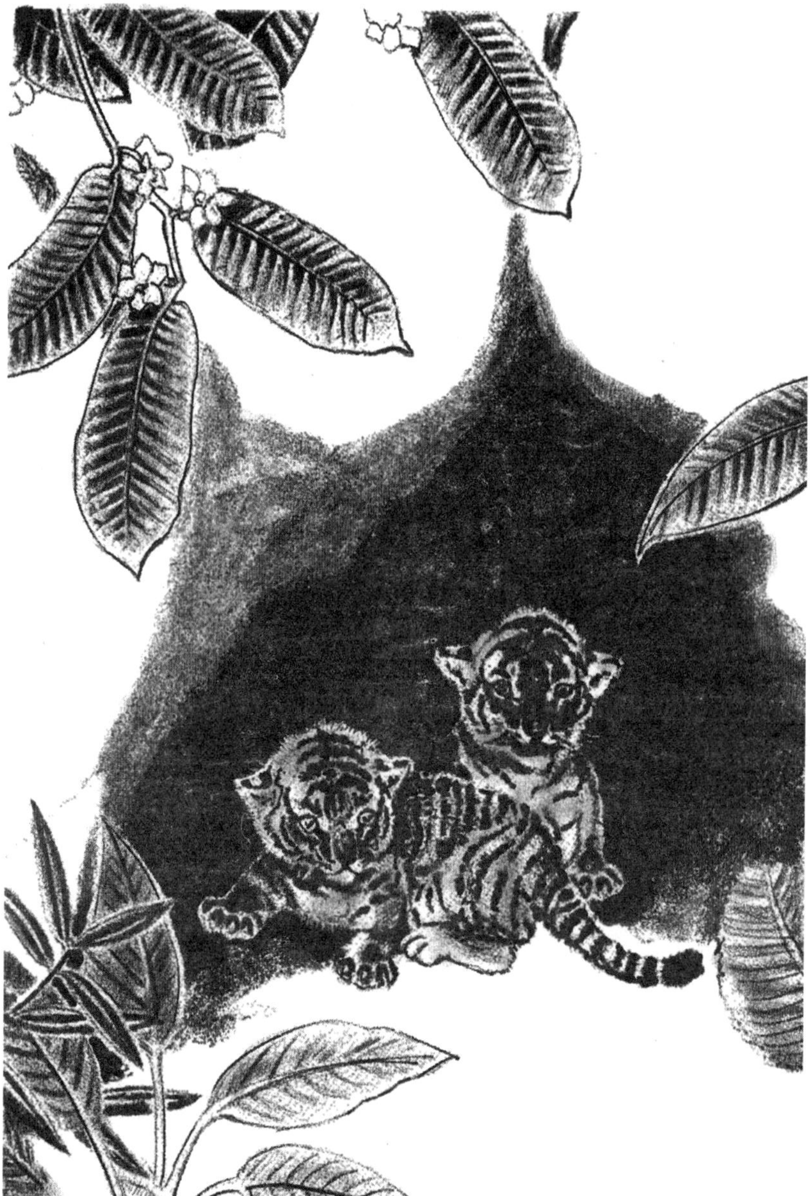

第十二章 配　偶

野牛、大象和鹿从离这两位斗士最遥远的地方跑了出来。繁星满天，夜晚也因此而热闹起来。

战斗猝然停止，正如它仓促开始一样。暴暴脸从挣扎中挺了过来，而另一头则没能熬过去——它喘着粗气，呻吟着，一瘸一拐地走着，费了好大的力气才挪到了一处林泉边，在里面躺了下来。

动物能够凭借嗅觉了解流水的成分。在某些地方，泉水会流经草药的根茎，因此便有了治愈伤口的效力。所有的大型猎物——除了那些皮厚的——都知道这一点。只要受了伤，不管伤口是深还是浅，它们都会躺到溪流里。在它们看来，水会用它的舌头为它们舔舐伤口。

暴暴脸躺在母亲河的膝头，直到一头黑鹿的吠叫声宣布了黎明的到来。它爬到一个黑暗而背阴的地方，在日出之前睡了过去。到了大约中午的时候，它被一阵喵呜的声响吵醒了：是小跳儿在为它舔舐伤口。

它们俩一起捕猎，一起玩耍，就这么着一直到了另一个干旱季的末尾。到了六月份前后，雨季来了，滂沱的大雨无休无止。小跳儿向丈夫示意，它要找个地方躲起来，好去把它的儿子生下来。而一旦雌虎离开，在接近三个月的时间里，谁都不得尝试追寻它的下落，这是老虎们奉行的铁律。